中國文化二十四品

中国文化二十四品

饶宗颐 叶嘉莹 顾问
陈洪 徐兴无 主编

今古传奇

神魔与世俗的小说世界

陈洪 郭辉 著

江苏人民出版社

图书在版编目（ＣＩＰ）数据

今古传奇：神魔与世俗的小说世界 / 陈洪,郭辉著.
-- 南京：江苏人民出版社，2017.1
  （中国文化二十四品）
  ISBN 978-7-214-18298-2

  Ⅰ．①今⋯ Ⅱ．①陈⋯ Ⅲ．①古典小说－小说研究－中国 Ⅳ．①I207.41

  中国版本图书馆CIP数据核字(2016)第119284号

书 名	今古传奇——神魔与世俗的小说世界	
著 者	陈 洪 郭 辉	
插 画 作 者	张 旺	
责 任 编 辑	卞清波	
责 任 校 对	史雪莲	
装 帧 设 计	刘葶葶 张大鲁	
出 版 发 行	凤凰出版传媒股份有限公司	
	江苏人民出版社	
出 版 社 地 址	南京市湖南路 1 号 A 楼,邮编:210009	
出 版 社 网 址	http://www.jspph.com	
经 销	凤凰出版传媒股份有限公司	
照 排	南京凯建图文制作有限公司	
印 刷	江苏凤凰通达印刷有限公司	
开 本	652 毫米×960 毫米 1/16	
印 张	14 插页 3	
字 数	157 千字	
版 次	2017 年 1 月第 1 版 2017 年 3 月第 2 次印刷	
标 准 书 号	ISBN 978－7－214－18298－2	
定 价	33.00 元	

（江苏人民出版社图书凡印装错误可向承印厂调换）

编委会名单

顾　问

饶宗颐

叶嘉莹

主　编

陈　洪（南开大学教授）

徐兴无（南京大学教授）

编　委

王子今（中国人民大学教授）　　司冰琳（首都师范大学副教授）

白长虹（南开大学教授）　　　　孙中堂（天津中医药大学教授）

闫广芬（天津大学教授）　　　　张伯伟（南京大学教授）

张峰屹（南开大学教授）　　　　李建珊（南开大学教授）

李翔海（北京大学教授）　　　　杨英杰（辽宁师范大学教授）

陈引驰（复旦大学教授）　　　　陈　致（香港浸会大学教授）

陈　洪（南开大学教授）　　　　周德丰（南开大学教授）

杭　间（中国美术学院教授）　　侯　杰（南开大学教授）

俞士玲（南京大学教授）　　　　赵　益（南京大学教授）

徐兴无（南京大学教授）　　　　莫砺锋（南京大学教授）

陶慕宁（南开大学教授）　　　　高永久（兰州大学教授）

黄德宽（安徽大学教授）　　　　程章灿（南京大学教授）

解玉峰（南京大学教授）

总 序

陈 洪　徐兴无

　　我们生活在文化之中,"文化"两个字是挂在嘴边上的词语,可是真要让我们说清楚文化是什么,可能就会含糊其词、吞吞吐吐了。这不怪我们,据说学术界也有160多种关于文化的定义。定义多,不意味着人们的思想混乱,而是文化的内涵太丰富,一言难尽。1871年,英国文化人类学家爱德华·泰勒的《原始文化》中给出了一个定义:"文化,或文明,就其广泛的民族学意义上来说,是包含全部的知识、信仰、艺术、道德、法律、风俗,以及作为社会成员的人所掌握和接受的任何其他的才能和习惯的复合体。"[①]其实,所谓"文化",是相对于所谓"自然"而言的,在中国古代的观念里,自然属于"天",文化属于"人",只要是人类的活动及其成果,都可以归结为文化。孔子说:"饮食男女,人之大欲存焉。"[②]在这种自然欲望的驱动下,人类的活动与创造不外乎两类:生产与生殖;目标只有两个:生存与发展。但是人的生殖与生产不再是自然意义上的物种延续与食物摄取,人类生产出物质财富与精神财富,不再靠天吃饭,人不仅传递、交换基因和大自然赋予的本能,还传承、交流文化知识、智慧、情感与信仰,于是人种的繁殖与延续也成了文化的延续。

　　所以,文化根源于人类的创造能力,文化使人类摆脱了

---

　　① ［英]爱德华·泰勒:《原始文化》,连树声译,谢继胜、尹虎彬、姜德顺校,广西师范大学出版社,2005年,第1页。

　　② 《礼记·礼运》。

自然,创造出一个属于自己的世界,让自己如鱼得水一样地生活于其中,每一个生长在人群中的人都是有文化的人,并且凭借我们的文化与自然界进行交换,利用自然、改变自然。

由于文化存在于永不停息的人类活动之中,所以人类的文化是丰富多彩、不断变化的。不同的文化有不同的方向、不同的特质、不同的形式。因为有这些差异,有的文化衰落了甚至消失了,有的文化自我更新了,人们甚至认为:"文化"这个术语与其说是名词,不如说是动词。[①] 本世纪初联合国发布的《世界文化报告》中说,随着全球化的进程和信息技术的革命,"文化再也不是以前人们所认为的是个静止不变的、封闭的、固定的集装箱。文化实际上变成了通过媒体和国际因特网在全球进行交流的跨越分界的创造。我们现在必须把文化看作一个过程,而不是一个已经完成的产品"[②]。

知道文化是什么之后,还要了解一下文化观,也就是人们对文化的认识与态度。文化观首先要回答下面的问题:我们的文化是从哪里来的?不同的民族、宗教、文化共同体中的人们的看法异彩纷呈,但自古以来,人类有一个共同的信仰,那就是:文化不是我们这些平凡的人创造的。

有的认为是神赐予的,比如古希腊神话中,神的后裔普罗米修斯不仅造了人,而且教会人类认识天文地理、制造舟车、掌握文字,还给人类盗来了文明的火种。代表希伯来文化的《旧约》中,上帝用了一个星期创造世界,在第六天按照自己的样子创造了人类,并教会人们获得食物的方法,赋予人类管理世界的文化使命。

---

① 参见[荷兰]C. A. 冯·皮尔森:《文化战略》,刘利圭等译,中国社会科学出版社,1992年,第2页。

② 联合国教科文组织编:《世界文化报告——文化的多样性、冲突与多元共存》,关世杰等译,北京大学出版社,2002年,第9页。

有的认为是圣人创造的，这方面，中国古代文化堪称代表：火是燧人氏发现的，八卦是伏羲画的，舟车是黄帝造的，文字是仓颉造的……不过圣人创造文化不是凭空想出来的，而是受到天地万物和自我身体的启示，中国古老的《易经》里说古代圣人造物的方法是："仰则观象于天，俯则观法于地，观鸟兽之文与地之宜，近取诸身，远取诸物。"《易经》最早给出了中国的"文化"和"文明"的定义："刚柔交错，天文也。文明以止，人文也。观乎天文，以察时变；观乎人文，以化成天下。"文指文采、纹理，引申为文饰与秩序。因为有刚、柔两种力量的交会作用，宇宙摆脱了混沌无序，于是有了天文。天文焕发出的光明被人类效法取用，于是摆脱了野蛮，有了人文。圣人通过观察天文，预知自然的变化；通过观察人文，教化人类社会。《易经》还告诉我们："一阴一阳之谓道，继之者善也，成之者性也。仁者见之谓之仁，知者见之谓之知。"宇宙自然中存在、运行着"道"，其中包含着阴阳两种动力，它们就像男人和女人生育子女一样不断化生着万事万物，赋予事物种种本性，只有圣人、君子们才能受到"道"的启发，从中见仁见智，这种觉悟和意识相当于我们现代文化学理论中所谓的"文化自觉"。

为什么圣人能够这样呢？因为我们这些平凡的百姓不具备"文化自觉"的意识，身在道中却不知道。所以《易经》感慨道："百姓日用而不知，故君子之道鲜矣。"什么是"君子之道鲜"？"鲜"就是少，指的是文化不昌明，因此必须等待圣人来启蒙教化百姓。中国文化中的文化使命是由圣贤来承担的，所以孟子说，上天生育人民，让其中的"先知觉后知""先觉觉后觉"[1]。

---

[1] 《孟子·万章》。

无论文化是神灵赐予的还是圣人创造的，都是崇高神圣的，因此每个文化共同体的人们都会认同、赞美自己的文化，以自己的文化价值观看待自然、社会和自我，调节个人心灵与环境的关系，养成和谐的行为方式。

中国现在正处在一个喜欢谈论文化的时代。平民百姓关注茶文化、酒文化、美食文化、养生文化，说明我们希望为平凡的日常生活寻找一些价值与意义。社会、国家关注政治文化、道德文化、风俗文化、传统文化、文化传承与创新，提倡发扬优秀的传统文化，说明我们希望为国家和民族寻求精神力量与发展方向。神和圣人统治、教化天下的时代已经成为历史，只有我们这些平凡的百姓都有了"文化自觉"，认识到我们每个人都是文化的继承者和创造者，整个社会和国家才能拥有"文化自信"。

不过，我们越是在摆脱"百姓日用而不知"的"文化蒙昧"时代，就越是要反思我们的"文化自觉"，因为"文化自觉"是很难达到的境界。喜欢谈论文化，懂点文化，或者有了"文化意识"就能有"文化自觉"吗？答案是否定的。比如我们常常表现出"文化自大"或者"文化自卑"两种文化意识，为什么会这样呢？因为我们不可能生活在单一不变的文化之中，从古到今，中国文化不断地与其他文化邂逅、对话、冲突、融合；我们生活在其中的中国文化不仅不再是古代的文化，而且不停地在变革着。此时我们或者会受到自身文化的局限，或者会受到其他文化的左右，产生错误的文化意识。子在川上曰："逝者如斯夫。"流水如此，文化也如此。对于中国文化的主流和脉络，我们不仅要有"春江水暖鸭先知"一般的亲切体会和细微察觉，还要像孔子那样站在岸上观察，用人类历史长河的时间坐标和全球多元文化的空间坐标定位中国文化，才能获得超越的眼光和客观真实的知识，增强与其他文化交

流、借鉴、融合的能力,增强变革、创新自己的文化的能力,这也叫做"文化自主"的能力。中国当代社会人类学家费孝通先生说:

> "文化自觉"是当今时代的要求,它指的是生活在一定文化中的人对其文化有自知之明,并对其发展历程和未来有充分的认识。也许可以说,文化自觉就是在全球范围内提倡"和而不同"的文化观的一种具体体现。希望中国文化在对全球化潮流的回应中能够继往开来,大有作为。①

因为要具备"文化自觉"的意识、树立"文化自信"的心态、增强"文化自主"的能力,所以,我们这些平凡的百姓需要不断地了解自己的文化,进而了解他人的文化。

中国文化是我们自己的文化,它博大精深,但也不是不得其门而入。为此,我们这些学人们集合到一起,共同编写了这套有关中国文化的通识丛书,向读者介绍中国文化的发展历程、特征、物质成就、制度文明和精神文明等主要知识,在介绍的同时,帮助读者选读一些有关中国文化的经典资料。在这里我们特别感谢饶宗颐和叶嘉莹两位大师前辈的指导与支持,他们还担任了本丛书的顾问。

中国文化崇尚"天人合一",中国人写书也有"究天人之际,通古今之变"的理想,甚至将书中的内容按照宇宙的秩序罗列,比如中国古代的《周礼》设计国家制度,按照时空秩序分为"天地春夏秋冬"六大官僚系统;吕不韦编写《吕氏春

---

① 费孝通:《经济全球化和中国"三级两跳"中的文化思考》,《光明日报》2000年11月7日。

秋》，按照一年十二月为序，编为《十二纪》；唐代司空图写作
《诗品》品评中国的诗歌风格，又称《二十四诗品》，因为一年
有二十四个节气。我们这套丛书，虽不能穷尽中国文化的内
容，但希望能体现中国文化的趣味，于是借用了"二十四品"
的雅号，奉献一组中国文化的小品，相信读者一定能够以小
知大，由浅入深，如古人所说："尝一脔肉，而知一镬之味，一
鼎之调。"

2015 年 7 月

目　录

绪　言

什么是中国古代小说？

　　小说是一种以散文叙事为主的虚构性文体。中国古代小说虽然早已产生，但是"小说"作为一种文体概念，成为一个公认的专有名词，却是二十世纪的事情。谈论中国古代小说，套用孔夫子的一句话，"必也正名乎"！也就是首先要解决的是"什么是中国古代小说"这个看似简单而实则复杂棘手的问题。这是因为，中国古代小说观念以及对小说文体的认识十分含混驳杂。严格以今天的小说观念来审视中国古代小说，大量的被古人认为是"小说"的作品要被剔除在外，这似乎较为科学规范，但考虑到中国古代小说的复杂发展过程，又有简单化之嫌。所以要谈中国古代小说，还得先把何为中国古代小说这个问题说明白，讲清楚。

"小说"一词，早在先秦就已经出现，《庄子·外物》篇中说"饰小说以干县令，其于大达亦远矣"，但它并不是指小说这种文学体裁，不具备文体意义，而是指不合乎大道的、琐碎浅薄的言论。《荀子·正名》篇中的"小家珍说"也是这个意思。可以说，先秦时期的"小说"只是一种贬义的泛称，指各种不合于大道的肤浅、琐屑言论，与"小说"这种文体无关。

东汉时期，桓谭、班固沿承了《庄子》《荀子》中的观点而有所发展，"小说"在此时期已经具有了一定的文体意义，但它仍然不是现代意义上的小说。如桓谭在《新论》中认为，缀合那些短小、琐细、芜杂的不合大道的言论，就近采取譬喻、论说的"短书"，就是"小说"。又如班固在《汉书·艺文志》中说，"小说"是由稗官收集的街谈巷语、道听途说之言，从中可以知风俗，广见闻。他还在书中著录了"小说"十五家，这十五家作品虽然多已亡佚，但从班固所作的注释中还是可以看出当时"小说"的特点：体制短小，没有宏论大文；内容很杂，有伪托古人言论的，也有谈论、杂录古代礼仪与典章制度的；思想属于古代子部杂家者流；观点浅薄，言论不合正统大道；记事迂诞依托，虚构者多。总之，汉代的"小说"，体制短小，内容杂乱，思想浅薄，虽然也记故事，但仍然缺乏叙事性。

以班固为代表的汉代"小说"观念深刻影响了汉以后官方和私人的小说观念，此后，"小说"的内涵和外延越来越杂，处于一种不断变化的动态发展中。如《隋书·经籍志》延续了班固对小说的认识，把小说归入子部，书中所列"小说"，既包括《燕丹子》类的杂史杂传小说，也包括了记录人物谈笑应对的志人小说，还包括了叙述艺术器物游乐等类的作品，如《器准图》。《宋史·艺文志》中所列"小说"，则又包括了图画、花木谱录、诗话等与现代之小说观念毫无相干的内容。

明代胡应麟《少室山房笔丛》中将"小说"分为六类,其中既包括了符合现代小说观念的唐传奇,如《莺莺传》《霍小玉传》,也有完全和小说无关的辨订、箴规两类作品,前者如《鼠璞》,后者如《家训》。

而在这杂乱的小说观念的发展演变中,纯文学的小说观念,早已潜流暗涌,纯文学的小说作品也早已先此潜流而出现。"小说"内涵向纯文学意义的转变,兴盛于宋元之际的"说话"艺术实为一大关键。

初始,"小说"为宋元"说话"艺术中的一个门类,主要演说烟粉、灵怪、传奇、公案、朴刀、杆棒以及发迹变泰等故事,与其他"讲史""说经"等说话科目相并列。由于"小说"在众说话伎艺中影响最大,也有用它做"说话"艺术的别称。后来,说话诸家的畛域渐不分明,"小说"也渐渐由专指一家向泛指各家转变,进而成为脱胎于说话艺术的白话小说这种书面文学的通称。这已经与现代小说概念很接近了。其间,纯文学的小说观念与杂小说观念一直并行于世。随着西学东渐与晚清小说界革命的发起发展,小说开始成为一门独立的文学学科,小说文体观念的混杂也渐被改变。直至民初时期,中国古代小说概念的演化也才算大体完成,新的现代小说观念也才得以确立。

显然,完全以今天的小说观念或者我国古代的"小说"观念来圈选、界定中国的古代小说,都是一种不科学的手段与方法,这既不符合中国古代小说发展的实际情况,也势必再次引发小说观念的混乱。只有将二者结合起来,方为正道。

那么,如何界定划分中国的古代小说呢?我们认为有三个品性需要强调:(一)叙事性。小说是一种叙事性的文体,虽然其中也穿插诗词歌赋,以及议论抒情,但叙事无疑是其最基本、最重要的品质特性。如果小说中没有了故事,那么小说也就不成其为小说了。（二）虚构性。如果小说仅仅是讲故事，而没有虚构幻想的成分，那它与实录的历史就没有了区别，所以小说还必须有虚构的特性。这个故事可以是真实的，但在这真实的基础上必须有加一点或减一点的虚构、幻想的成分，这种加减造就了它的虚构特性，从而使它与实录的历史区分开来。（三）形象性。除了叙事、虚构外，小说还要塑造鲜明、生动的形象，这形象，既可是人，也可是物，还可以是鬼怪精灵、飞禽走兽，而以生动为要。当然，除了这三个基本品性外，还要根据中国古代小说的实际情况，加以灵活机动的铨选分析。

多个源头

在中国，作为文学体裁的小说，以现代小说观念来看，它的"本传"当由唐代开篇，但构成小说的某些元素，则早在先秦就已经产生。古老的神话传说以及先秦时期发达的诸子散文与史传文学等等，在故事的题材内容、想象虚构、情节架构、形象塑造等方面，都对中国古代小说产生了重要的影响。

鲁迅在《中国小说史略》中说，中国古代小说的起源与其他民族同样，"在于神话与传说"。确实如此。我国上古的神话传说，如盘古开天辟地、女娲造人补天、黄帝大战蚩尤、共工头触不周山、精卫填海，及后来的羿射九日、嫦娥窃药奔月、禹化熊治水等，虽然叙事简略，人物也仅止于形象的简单勾勒而少细致的刻画，但这种神话题材却常为后世小说所采用，它的想象、幻想也深刻影响了小说的虚构品性，尤其后世的志怪小说、神魔小说，受其影响颇深。

巫祝方术等原始宗教文化中记载的有关卜筮、占梦、鬼神、妖祥等等事情，内容多涉鬼神不测之事。人为物为鬼为神，物为人为精为怪，谈鬼论神，述奇记异，天上人间，殊方异

刑天

域,虚幻妄诞者尽有,充满了神秘的宗教文化氛围。虽然也是记述简略,幻设、虚构也并非有意为之,但它与上古神话传说一样,均可作为后世小说尤其是志怪、神魔小说产生的源头之一。

先秦的诸子散文和史传散文中的寓言故事,也是中国古代小说的一个重要源头。这些寓言故事,虽多为说理性的论说文章,但诸家并不是抽象地讨论哲学、社会、人生等问题,而是运用富有形象性的比喻与寓言小故事来阐说自己的理论主张,使人读来不觉乏味,反而生动有趣。尤其是其中为阐说道理而虚构的寓言故事,在故事情节、人物形象方面,也多有值得称道的佳篇。如《孟子》中的五十步笑百步、揠苗助长、齐人乞墦,《庄子》中的庄周梦蝶、庖丁解牛、妻死鼓盆、蛮触之争,《韩非子》中的棘刺母猴、郢书燕说、守株待兔、滥竽充数,《战国策》中的狐假虎威、南辕北辙、画蛇添足等等。这些寓言故事,虽然大多数非常简短,但在叙事上往往首尾完整,同时,故事性、趣味性极强,形象也鲜明生动,想象也是非常奇特,抛开它的寓言本质来论,它们更像是一篇篇独立的微型小说。

中国古代发达的史官文化,造就了发达的叙事文学,对后世小说的产生发展影响更为深远。首先,史书记述历史事件,注重完整性,对事件的前因后果以及发展过程都有所顾及。其次,在表述历史事件时,往往还注意突出表现历史人物,善于抓住人物的主要个性特征进行描写刻画,使得人物形象鲜明生动。可以说,先秦的史传文学,在叙事上已经取得了很高的艺术成就,这也是我们常把它当作文学作品来读的一个重要原因。如《左传·郑伯克段于鄢》,作者仅用短短的五百字,就把郑国王室内部争夺王位的历史事件叙述得清清楚楚,前后事件的因果关系也交代得明明白白,而且故事结尾母子相见于隧道中的情节又极具戏剧性,几位主人公的形象、性格也刻画得鲜明生动,把它作为小说来读也不为过。这样的例子,不胜枚举。

史书的实录观念也对中国古代小说影响深远。史书的特性,要求它在记录历史事件时必须实事求是,讲求"书法不隐""秉笔直书",容不得半点儿虚构与想象之辞的渗入。这与小说的虚构品性是相矛盾的,也导致了后人常常以真实/虚构为判断标准来品评小说成就的高低。尚实黜虚、史贵文轻的观念,严重阻碍了小说的发展。不过,有趣的是,尽管史书要求真实,崇尚真实,排斥想象与虚构,但是,在先秦的史传文学中也不乏鬼神妖梦怪异之谈与浮夸幻设想象之语,虚构色彩很明显。最著名的要数《左传·僖公二十四年》记载的介之推与母亲逃亡前的对话,以及《左传·宣公二年》鉏麑自杀前的慨叹,清代的纪昀及近代的钱钟书等人早已指明:这两处历史记载都是生无旁证、死无对证的事情,当时又没有录音之笔,那么是谁见到的? 是谁听到的? 是谁记录的? 又是谁传播的? 显然是作者自己曲意弥缝、妄加揣摩之语。这与尚实、尚质的史书有着根本的区别。有此虚构,则史传和小说的界限已经被打破,其已与小说无异。如此,先秦史传文学在叙事、虚构、人物、情节、细节描写等方面都已经取得了很高的成就,直接给后世小说提供了可供借鉴的典范。

两条支流

就小说的语体特征来论,中国的古代小说又包括两个语言系统,一个是文言系统,一个是白话系统。这两个系统就像交叉的两条河流,既各自独立,又互相渗透,紧密相连。

所谓"文言小说",指的是用古代的书面语言写成的小说。"白话小说"则是指用"近代"语言的口语写成的小说。受语言发展演变、小说的传播媒介及其他因素的影响,文言小说的产生要远远早于白话小说。

文言小说的成熟形态,是唐代的文言短篇小说——唐传奇。而在唐以前的文学作品中,文言小说早已在渐渐地发芽、生长。

前面已经说过,先秦的书面文学中已经包含有小说的因素,而汉代司马迁用文言写就的《史记》,其中"本纪""世家""列传"中的许多篇章,在虚构、叙事、写人等方面已经表现出了相当高的技巧,是完全可以当作文言小说来阅读的。虽然它投错了胎,生在史书门下,但把这些篇章纳入文言小说系统也不为过。其后,魏晋南北朝时期的小说,学界又有称之为"笔记小说""古体小说"的,也是采用文言来写人叙事,虽然大都篇幅短小,叙事简略,作者的主观意图也不在编造小说,而只是当成真实的事情来书写记录,但是这些作品在故事情节的叙述、架构以及人物性格、精神风貌的描写、刻画等方面都各具特色,它是中国古代文言小说发展的童年时期。唐代传奇小说的产生,标志着中国文言小说的发展成熟。就作者来讲,唐人写小说,主要在显现个人的文采与意想,与六朝志怪小说中证鬼神、明因果的创作观念大异其趣。就小说本身来讲,它篇幅较长,题材类型丰富多彩,与现实生活更为接近。在故事情节的架构、人物形象的塑造及语言的运用等方面,表现得更为曲折委婉、鲜明生动,细节描写、心理描写等艺术手法的运用也更为常见、娴熟。唐后,文言小说一支绵绵不绝,宋代的传奇、笔记小说,明代的文言小说集,以及清代的《聊斋志异》《阅微草堂笔记》等作品,都属于此一流脉。直到今天,仍然有人在用文言创作小说。

白话小说在宋元时期方才发展兴盛起来,并渐渐取代文言小说成为中国古代小说发展的新趋向。它的发展兴盛,与唐以来的尤其是宋元时期的说唱文学及市民文学的兴盛有着很大的关系。宋代"说话"伎艺门类有四家,题材内容包括烟粉、传奇、公案、朴刀、杆棒、历史等等。"说话"伎艺,早期在师徒或同行间口耳相传,并没有形成文字,后来有了"说话人"用的"说话"底本、"说话"的记录整理本,以及书会才人根据史书、野史笔记及前人小说等改编而成的通俗读本,当口头的"说话"艺术转变为案头的书面文学时,白话小说便产生了。明清时期是白话长篇小说的兴盛繁荣时期,其标志是体制上"分回标目""说书体"叙事及韵散结合、文备众体的章回体的形成与逐渐成熟,作品上则是以明代"四大奇书"与清代《红楼梦》为代表的白话长篇小说的问世。同时,明代也是白话短篇小说创作的繁荣期,其标志是文人仿话本小说搜集、整理、创作的一批白话短篇小说集的问世。经历了明清的长篇章回小说及白话短篇、中篇小说的发展兴盛,再到晚清民国,乃至今天,白话小说已成主流。

一般来讲,早期文言小说的作者及读者群均为文人士大夫阶层,文人创作小说主要是写给文人看的,它的创作与传播主要在文人的雅文化圈内,属于大的雅文学传统(尽管小说历来被视为小道、不入流),作品的创作、传播,与商品、市场、利润几无关涉。随着朝代的变迁,俗文学的兴起,社会思潮的变动,以及印刷出版技术的改进,商品市场的介入,文言小说在明代有着明显的渐趋向俗的发展倾向,如明代中期的传奇小说集《国色天香》《万锦情林》等,这些作者的身份已经发生了很大的变化,多是中下层知识分子,尽管这些作品在文人中间仍有传播,但是小说作者的文化品位已经明显下移,娱乐、通俗性增强,与早先文人士大夫之作的"雅味"相去甚远。

与文言小说不同,白话小说主要属于俗文学传统。早期白话小说,它的故事取材主要来自于市井民间,故事主要表现中下层民众的生活及思想意识,在叙事方式和小说体制方面还保留着明显的"说书"痕迹,作者及读者群也都是中下层民众。但是,它的发展又有着由俗向雅的一面。在明代中后期白话短篇小说的创作发行中,虽然它的读者群及市场主要针对的仍是中下层民众,但是文人开始参与其中,搜集、整理、加工、改编或者独创,如熊龙峰、冯梦龙、凌濛初等等,小说在叙事写人及情感的表达等方面不免带上文人色彩。到清代的《儒林外史》,尤其是充满诗情画意与哲理情思的《红楼梦》的出现,白话小说的雅化可谓达到巅峰。

可以说,文言小说与白话小说,虽然有雅、俗的分别,但在长期的发展中,两者不断吸收对方的成分、因子,互相影响,从而形成了俗中有雅、雅中有俗、雅俗结合的特点,使小说发展更为成熟。

中国古代小说的"教父"——《史记》

　　《史记》与小说的关系，前人多有评说。我们这里把《史记》当作小说的"教父"，主要着眼于以下几个属性：第一，它首先是一个叙事文本，有故事性。第二，它有对故事情节的设计、对人物形象的刻画，甚至有对人物的情感、心理活动的描写。第三，在一些地方有明显的虚构笔墨，以及对戏剧性的追求；另外，有些传记中蕴含着作者的情感、好恶。其中，前两个属性是小说与史传皆有的，但优秀的史传才会一、二兼备。第三个属性则不属于史传，其实是司马迁个人兴趣、偏好所致。但这恰恰是小说所追求的。从这种意义上说，《史记》中的很多篇章，作为小说来读也无妨。

《史记》的虚与实

　　《史记》的本质是历史史书,属于史官文化,它的文体原则要求按事实来记录历史事件和历史人物。但司马迁是一个尚气好奇的人,这种精神追求反映到《史记》的撰写中,就表现为对历史故事的再加工,掺杂进一些想象与虚构,从而使故事情节带有了传奇色彩。如《项羽本纪》中许多脍炙人口的情节,多有作者的想象夸饰。以众所周知的"霸王别姬"来说,楚军被汉军重重包围,在这生死存亡的紧要关头,项羽的营帐里到底发生了什么?实际上,人们知道的只是项羽从营帐里活着出来了。显然,项羽悲歌这种关键性情节,这种悲壮的动人场面,很大程度上是司马迁本人的一种想象性虚构。而正是这虚幻的一笔,把项羽英雄末路时的失意、悲壮刻画了出来,为整个故事增添了一份壮烈的悲情色彩。

　　再如《赵世家》中有关"赵氏孤儿"的故事。在现有的有关先秦的史籍《左传》《国语》《战国策》中,都没有关于屠岸贾杀孤、程婴救孤的历史记载。《史记》中的"赵氏孤儿"主要从《左传》中脱胎而来,而《左传·成公八年》所记赵孤赵武的历史故事,仅有一百来字,主要记叙的是赵氏家族内部由于乱伦而引起的残杀事件,屠岸贾、程婴、公孙杵臼也没见记载。那些具有人的强烈主观意志、人在价值冲突中的命运选择、文学色彩很重的东西却是到了司马迁的《史记》中才出现的。可以说,《史记》中"赵氏孤儿"故事本身就有可能属于虚构之笔。而且在具体的行文叙述中,也多有作者幻设之笔,如程婴与公孙杵臼密谋"救孤存孤"一事,谁能得知?密谋行为本身就是件秘密的、不可为外人道、不可令第三人知的事情,这件事被传播、记录下来,显然是不可能的。如果我们把它当作小说来看,那么它完全是一篇非常优秀的小说,所以,它对后世有着这么广泛的影响,直到今天,人们还在戏曲舞台、影视荧屏上搬演不绝。而司马迁对程婴、公孙杵臼等人匿孤报德、视死如归、忍辱负重精神的描写与刻画,也表现出了作者对慷慨任侠之风、重义轻生之士的颂赞与肯定,体现出作者尚气好奇的性格特征与审美理想。

故事书写追求戏剧性

《史记》不是戏曲,但不得不承认,其中的一些篇章,人们读来却往往有种看戏般的感觉。为什么会有这种感觉呢?这就要谈到我们把《史记》当作小说来读的第二个原因——历史故事书写追求戏剧性效果。

司马迁很擅长将历史史实故事化,善于在激烈、尖锐的矛盾冲突中展开故事情节,通过设置扣人心弦的场面来塑造人物形象,使整个故事充满戏剧性。如《项羽本纪》中的"鸿门宴""霸王别姬""垓下突围""乌江自刎",《刺客列传》中的"专诸刺吴王""豫让刺赵襄子""荆轲刺秦王",《廉颇蔺相如列传》中的"完璧归赵""渑池会""负荆请罪",《魏其武安侯列传》中的"使酒骂座""东廷辩论",等等。这些故事至今仍然脍炙人口,很大的原因就在于这些故事场面都具有戏剧性。

以大家熟知的"鸿门宴"为例。"鸿门宴"是项羽和刘邦楚汉之争的开端,但也正是这场宴会,似乎已经决定了未来天下的王者归属。整个故事主要围绕杀不杀刘邦、刘邦能不能安全脱险而展开,情节设置矛盾迭出,波澜横生,紧张激烈,扣人心弦,极具戏剧性。

故事主要聚焦于时间与空间都高度集中的鸿门宴会上。这场宴会,表面上看来是主客之间相敬如宾、彬彬有礼,实际上却是杀机四伏,刘邦的性命仅悬于项羽的举手投足之间。空气中弥漫着令人窒息的紧张气氛,双方矛盾冲突一触即发。范增屡次示意项羽杀刘邦而未果,于是亲自出马召项庄进帐舞剑,以期借舞剑助兴之名,伺机杀掉刘邦。随后,项庄舞剑把故事推到了一个新的冲突、高潮中,气氛随之也越来越紧张——刘邦命悬一剑间。然而,局势突变。项伯拔剑起舞,用自身身体来护持刘邦,暂时化解了这个危机。而"樊哙闯帐"的举动,又使故事高潮再起。正是樊哙的勇武、凛然不可侵犯的言行,使席间的紧张气氛得到暂时缓和,也使局势陡然扭转,事件向着有利于刘邦的方向发展——这一情节为刘邦的逃席脱险制造了良机,并且间接改变了项、刘二人未来的命运走向。

此中"樊哙闯帐"一节,尤为逼真传神,读之使人有如临其境、如见其人之感。我们来看司马迁是如何写的:樊哙带剑拿盾就要进入营帐("带剑拥盾入东门"),但是却被项羽的卫士拦住不让进去("欲止不内")。樊哙也不搭话,直接用手中盾牌撞击这些卫士("侧其盾以撞"),卫士倒地("仆地"),他直接踏入帐中。樊哙进帐后直接面向项羽站着("西向立"),头发直竖("发上指"),瞪大眼睛直视项羽("瞋目视"),以致眼角都张裂开了("目眦尽裂"),一副气冲斗牛、凛然不可犯的样子。这里,作者通过樊哙与士兵的冲突、樊哙与项羽的交锋以及对樊哙一系列行为动作的描写来展开情节,使故事极富戏剧性、可看性,读来与小说描写并无二致。并且,在这剑拔弩张的紧张氛围中,作者还把樊哙的忠诚、勇武的形象特征刻画了出来。

再如"荆轲刺秦王"一节,荆轲在秦廷刺杀秦王的场面也极具戏剧性:荆轲两手捧着樊於期的头要献给秦王,秦舞阳则负责献地图,两个人先后依次而进。没见过大阵势的秦舞阳当时就给吓得惊恐色变了,荆轲倒是临危不乱,十分镇静,反而回过头来对着秦舞阳微笑,并且请求秦王宽恕秦舞阳的失礼。在"图穷匕首见"的紧要关头,荆轲左手拽住秦王的袖子,右手就拿匕首来刺杀秦王。秦王急忙逃脱,想拔剑出鞘,因为剑身比较长,急切之间拔不出来。荆轲这时又来追杀秦王,秦王无奈,只好绕着大殿的柱子逃跑。荆轲刺杀秦王的突然之举,一时之间也使满廷大臣不知所措。没有兵器的大殿侍卫,在慌乱间,只能用手脚和荆轲搏斗。御医夏无且又用手中的药囊来投击荆轲。当旁人提醒秦王拔剑的时候,绕柱跑的秦王才再次拔剑击杀荆轲。荆轲被秦王击伤,知道大事不成,性命难保,反而倚柱大笑,张开两腿坐在地上大骂秦王。这里,故事紧紧围绕着"刺秦"来叙述,双方的矛盾冲突非常集中。作者通过荆轲、秦王及众人的一系列言语、行动,尤其是行动来展开故事情节,场面描写跌宕起伏,紧张刺激,又井然有序,人物形象特征也非常鲜明,使得整个故事具有极强的可看性。显然,拿它做小说来读也是完全可以的。

不可否认的是,历史事件、历史人物本身就具有一定的传奇性与戏剧性,甚至历史事件、历史人物本身比虚构的小说更具有戏剧性,但历史过于戏剧化,其中肯定会有作者的想象创作成分在内。《史记》中的这些富有戏剧性的场面,大多是作者自己在合理的想象和合理的虚构的基础上,对历史的再创造。

人物刻画注重情感化

　　把《史记》当作小说来读,除了司马迁为我们编织了很多好听、好看的故事外,还有一个重要的原因,就是他还为我们塑造、刻画了许多性格各异而又栩栩如生的人物形象,如程婴、公孙杵臼、伍子胥、豫让、聂政、荆轲、项羽、刘邦、李广等等。其中的一些人物,作者并不是单纯记述人物的人生经历与历史贡献,而是涉及了更多的情感因素,而这种感性因素的渗入,更多的是太史公本人的生命体验,是太史公本人的精神投射。

　　"李陵之祸"使司马迁身陷牢狱之灾、惨遭宫刑的悲惨遭遇,让他阅尽人间冷暖,看透世态炎凉。这场灾祸,在给他带来肉体上的伤害与摧残的同时,更给他带来精神上的凌辱与折磨。虽然他的内心极度郁结与愤懑,但是他并没有就此意志消沉,或采取某种极端的方式来结束自己的生命,相反,为了继承父亲司马谈的遗愿,为了完成他自己"成一家之言"的大志,他含辱忍垢多年,以至最终写就《史记》。"李陵之祸"的打击,使得司马迁在《史记》的客观历史叙述中倾注了强烈的情感色彩,多以自己的价值观来衡量历史事件与品评历史人物。

　　所以,在《伍子胥列传》中,对于伍子胥没有听从父命前往楚王处救人以及后来他掘楚王墓、鞭楚王尸的这种看似"不孝、不忠"的行为,司马迁给予了高度评价。他认为伍子胥放弃舍身救父的小的"孝义",而能够受窘江河上、乞食道路间,隐忍仇恨多年,最终鞭尸楚王,以雪杀父杀兄之"大耻",这种"弃小义,雪大耻"的行为,实乃是"烈丈夫"所为。

"烈丈夫"一语,既是他对伍子胥的盛赞,也是对自己的肯定。金圣叹说司马迁是"隐忍以就功名,为史公一生之心"。可以说,《史记》中,司马迁对伍子胥"隐忍以就功名"形象的描写刻画也是倾注了他自己的人生经历与生命体验在内的。而对能忍胯下辱的韩信与能受折胁毁齿之痛、厕间承人溺之耻的范睢的描写,也未尝不是如此。

《史记》中,人物刻画情感化色彩较浓的当属项羽、荆轲、屈原、程婴、公孙杵臼、贾生、李广等人。与屈原、贾生传记中采取一边叙事一边议论来表达对所写人物的赞美与同情不同,作者主要通过字里行间的客观叙事,表达对项羽、荆轲、李广等人的欣赏、赞美与慨叹、同情。

比如飞将军李广,作者写他本人不仅骁勇善战,而且体恤士卒,带兵有方,威名远震匈奴。但是,就是这样一位英雄人物,却是郁郁不得志,终其一生未能封侯,而最后竟然还落得个自杀身亡的下场。相反的是,名声远不如李广、人品也在中下的从弟李蔡,却是封侯称相,位至三公。李广的手下军吏及士卒们,虽然才不及中人,却也有几十个人是因为讨伐匈奴有功而被封侯的。"李广才气,天下无双",他的命运却是如此结果,而"人在中下,名声出广下甚远","才能不及中人"的他人,却是拜相封侯。正是在对李广才能的客观叙述中,在对"达"与"不达"的结局对比中,表达出了作者对李广才能的欣赏与对他不幸命运的慨叹。而李广与作者,两人同样才高,却也同样不幸,都属于怀才不遇的一类人,作者在写李广,其实也是在写自己,在为李广叹惜、悲慨的同时,也抒发了他自己的满腔愤懑之情。

最后需要说明的是,史书中的想象、虚构与故事情节的戏剧化,这两点在上古史书中早已存在,并不鲜见,也并不是《史记》的独创。我们把《史记》与前者分开,把它当作小说来读,称其为小说的"教父",主要有两个方面的考虑:第一,故事中的想象、虚构及戏剧化场景数量增多,比较常见,并且成为展开情节、塑造人物形象的重要手段;第二,太史公在叙事、写人中,注入了强烈的情感色彩,作者个人的主体意识鲜明突出,而这点是前面史传文学中少见的,甚至是没有的。

原典选读

项王军壁垓下,兵少食尽,汉军及诸侯兵围之数重。夜闻汉军四面皆楚歌,项王乃大惊曰:"汉皆已得楚乎?是何楚人之多也!"项王则夜起,饮帐中。有美人名虞,常幸从;骏马名骓,常骑之。于是项王乃悲歌慷慨,自为诗曰:"力拔山兮气盖世,时不利兮骓不逝。骓不逝兮可奈何,虞兮虞兮奈若何!"歌数阕,美人和之。项王泣数行下,左右皆泣,莫能仰视。

于是项王乃上马骑,麾下壮士骑从者八百余人,直夜溃围南出,驰走。平明,汉军乃觉之,令骑将灌婴以五千骑追之。项王渡淮,骑能属者百余人耳。项王至阴陵,迷失道,问一田父,田父绐曰:"左。"左,乃陷大泽中。以故汉追及之。项王乃复引兵而东,至东城,乃有二十八骑。汉骑追者数千人。项王自度不得脱,谓其骑曰:"吾起兵至今八岁矣,身七十余战,所当者破,所击者服,未尝败北,遂霸有天下。然今卒困于此,此天之亡我,非战之罪也。今日固决死,愿为诸君快战,必三胜之,为诸君溃围、斩将、刈旗,令诸君知天亡我,非战之罪也。"乃分其骑以为四队,四向。汉军围之数重。项王谓其骑曰:"吾为公取彼一将。"令四面骑驰下,期山东为三处。于是项王大呼驰下,汉军皆披靡,遂斩汉一将。是时,赤泉侯为骑将,追项王,项王瞋目而叱之,赤泉侯人马俱惊,辟易数里。与其骑会为三处。汉军不知项王所在,乃分军为三,复围之。项王乃驰,复斩汉一都尉,杀数十百人,复聚其骑,亡其两骑耳。乃谓其骑曰:"何如?"骑皆伏曰:"如大王言。"

——《史记·项羽本纪》

赵朔妻成公姊,有遗腹,走公宫匿。赵朔客曰公孙杵臼,杵臼谓朔友人程婴曰:"胡不死?"程婴曰:"朔之妇有遗腹,若幸而男,吾奉之;即女也,吾徐死耳。"居无何,而朔妇免身,生男。屠岸贾闻之,索于宫中。夫人置儿绔中,祝曰:"赵宗灭乎,若号;即不灭,若无声。"及索,儿竟无声。已脱,程婴谓公孙杵臼曰:"今一索不得,后必且复索之,奈何?"公孙杵臼曰:"立孤与死孰难?"程婴曰:"死易,立孤难耳。"公孙杵臼曰:"赵氏先君遇子厚,子强为其难者,吾为其易者,请先死。"乃二人谋取他人婴儿负之,衣以文葆,匿山中。程婴出,谬谓诸将军曰:"婴不肖,不能立赵孤。谁能与我千金,吾告赵氏孤处。"诸将皆喜,许之,发师随程婴攻公孙杵臼。杵臼谬曰:"小人哉程婴!昔下宫之难不能死,与我谋匿赵氏孤儿,今又卖我。纵不能立,而忍卖之乎!"抱儿呼曰:"天乎天乎! 赵氏孤儿何罪? 请活之,独杀杵臼可也。"诸将不许,遂杀杵臼与孤儿。诸将以为赵氏孤儿良已死,皆喜。然赵氏真孤乃反在,程婴卒与俱匿山中。

——《史记·赵世家》

荆轲奉樊於期头函,而秦舞阳奉地图柙,以次进。至陛,秦舞阳色变振恐,群臣怪之。荆轲顾笑舞阳,前谢曰:"北蕃蛮夷之鄙人,未尝见天子,故振慑。愿大王少假借之,使得毕使于前。"秦王谓轲曰:"取舞阳所持地图。"轲既取图奏之,秦王发图,图穷而匕首见。因左手把秦王之袖,而右手持匕首揕之。未至身,秦王惊,自引而起,袖绝。拔剑,剑长,操其室。时惶急,剑坚,故不可立拔。荆轲逐秦王,秦王环柱而走。群臣皆愕,卒起不意,尽失其度。而秦法,群臣侍殿上者不得持尺寸之兵;诸郎中执兵皆陈殿下,非有诏召不得上。方急时,不及召下兵,以故荆轲乃逐秦王。而卒惶急,无以击轲,而以手共搏之。是时,侍医夏无且以其所奉药囊提荆轲也。秦王方环柱走,卒惶急,不知所为,左右乃曰:"王负剑!"

负剑,遂拔以击荆轲,断其左股。荆轲废,乃引其匕首以擿秦王,不中,中桐柱。秦王复击轲,轲被八创。轲自知事不就,倚柱而笑,箕踞以骂曰:"事所以不成者,以欲生劫之,必得约契以报太子也。"于是左右既前杀轲,秦王不怡者良久。

——《史记·刺客列传》

中国古代小说的"童年"
——《搜神记》与《世说新语》

　　魏晋南北朝时期,是中国古代小说发展的童年时期,人们习惯上称这个阶段的小说为"古小说",也有学者称它为"古体小说""雏形小说",主要包括志怪小说与志人小说两种类型。前者记鬼怪神异之事,后者写人物特言异行。二者体例不同,各有特色。

"志怪"《搜神记》

  志怪小说盛行于魏晋南北朝,有多重原因。从文化渊源看,上古神话传说、先秦巫术方士等原始宗教文化,已经为志怪小说的产生建立了良好的志怪传统,汉代阴阳五行之说、谶纬之学及神仙方术的流播盛行,也已经为它的产生提供了良好的土壤。从当时社会环境来看,魏晋时期道教与佛教的昌炽,再加上清谈之风的盛行,整个社会上下弥漫着浓厚的宗教氛围,志怪小说因此应运而生也就是自然而然的事情了。

  此时期的志怪小说,作家作品众多。作家可分为文人与宗教徒两类,其中宗教徒又分为道教徒与佛教徒。内容上则以谈鬼论神、述异语怪为主。对宗教徒来说,其创作旨意则在"自神其教",多宣讲长生不死、飞升成仙与因果轮回、经像显应等宗教思想,如道教徒王浮《神异记》、葛洪《神仙传》、王嘉《拾遗记》、陶弘景《周氏冥通记》等,佛教徒刘义庆《宣验记》、颜之推《冤魂志》、王琰《冥祥记》等。于文人来讲,虽然不尽信释道二教仙佛之论,但对于神鬼之说,还是颇以为是实有其事的,所以其叙述鬼怪也并不以为是迂诞虚妄,如旧题为曹丕的《列异传》、张华《博物志》、郭璞《玄中记》、干宝《搜神记》、陶潜《搜神后记》、祖冲之《述异记》、刘敬叔《异苑》、任昉《述异记》、吴均《续齐谐记》等等。

六朝志怪小说,大多是以丛集的形式出现,每篇作品的篇幅比较短小,一般是百字左右,有少至十几字的,也有多至千余字的,体制与汉代所说的"丛残小语"特征相符。故事大都是粗陈梗概,叙述简略,情节简单,并不注重情节的曲折宛转与人物塑造的形象生动,只是在讲怪异灵验而已;但也有叙述跌宕、描写细致、形象鲜活之作,此以干宝《搜神记》为最。

干宝本人性好阴阳术数之学,他有感于父亲侍婢及兄长干庆死而复生的事情,为"明神道之不诬",证鬼神之实有,才撰写了这本《搜神记》。书中故事,有采自前人作品的,也有从近今故老听闻的,经过了长时间的搜集整理,方才积累成册。

书中内容主要涉及方士、五行、道教神仙与人物、神灵、鬼怪变化遇合之事,也有少量的佛教故事。其小说体制,也多如六朝其他志怪小说著作,大多篇幅短小,而篇幅稍长的,则故事比较完整,叙述比较委婉曲折,在人物塑造、细节描写、语言描写等方面也多有突出表现,其中较好的有"宋定伯捉鬼""杜兰香""胡母班""干将莫邪""紫玉""李寄""韩凭夫妇"等篇。下面择数篇简论之。

"杜兰香",是一篇人神遇合的故事,讲述汉代女仙杜兰

28

香降临世间与张硕两次相会的故事。杜兰香故事自汉代以来就一直在世间广为流传,与干宝约略同时的人还撰有单篇志怪小说《杜兰香传》,篇幅较长,然而它的故事情节混乱而不够连贯。《搜神记》中的杜兰香故事以两次神异的相会为叙述中心,较为完整简洁。杜兰香两次仙降时都是口诵诗歌而来,在简短的叙述中插入了诗歌,使人物故事笼罩在仙歌缭绕之中,为小说增添了一份浓厚的诗意氛围。

与"杜兰香"人神遇合的神秘朦胧不同,"紫玉"篇中的人鬼恋爱则缠绵悱恻、哀婉动人。

故事讲述吴王夫差的小女儿紫玉与有道术的韩重相爱,吴王嫌韩氏门第贫寒而拒绝了韩家的求婚,紫玉因此伤心气结而亡。后来韩重求学归来,前往紫玉墓前吊唁,紫玉感韩重情深,出墓与韩重相会,并邀韩重到墓中与她相聚。两人在墓中相聚了三日三夜。韩重出墓,紫玉又赠以大明珠。当韩重拿着大明珠去见吴王时,吴王却以发冢盗墓罪捉拿韩重。紫玉鬼魂回王府告诉吴王原委以还韩重清白。紫玉母亲见紫玉归来,想要拥抱紫玉,紫玉却如云烟一样消失了。故事也就到此而止。

这是个读来颇为令人感伤的爱情悲剧。门第悬殊、家长干涉是造成爱情悲剧的原因——这是跨越时代、国度的文学母题。就文学表现来看,这一篇想象力丰富,极具浪漫主义色彩。整个故事叙述完整,故事情节也曲折详尽,人物形象也很感人。紫玉是个痴情的女子,她能为情而死,也能为情而显魂与情人相会,为情而赠情人宝物,为情而显魂救情人于困境之中。她对爱情,热烈执着、生死不渝。韩重也是个痴情的男子,感念紫玉之深情,慨叹紫玉之薄命,祭吊紫玉,情深意重。当紫玉邀他往墓中相会时,虽然因为害怕与鬼接触对自己不利,因而有过短暂的惊惧与犹豫,但在情的面前,他还是选择了入冢与紫玉相聚,做了三天三夜的人鬼夫妻。文中四言诗的插入,韵散结合,不仅使作品文学色彩浓厚,而且能与故事情节、女主人公的命运及情感很好地结合在一起,也很难得。

"干将莫邪"是一个有关复仇主题的故事。讲述的是干将为楚王铸剑,因延期而被楚王杀害;其子赤比为报杀父之仇,献头颅与剑给一个不相识的侠客,委托这位侠客代为报仇;侠客不负赤比所托,最终杀死了楚王,而侠客也为此献出了自己的生命。

故事曲折生动,慷慨悲壮。尤其是赤比遇客、客斩楚王头两个场景,赤比的强烈复仇精神、客的仗义行侠的自我牺牲精神,均被淋漓尽致地刻画了出来。

虽然故事也涉神异,如言赤比"眉间广尺"及楚王梦征、赤比自刎后双手捧头及剑、赤比头颅"踬目大怒"诸事,但在曲折动人、悲壮激烈的故事叙述中,这些怪异笔墨反而增加了赤比与侠客形象的冲击力。

干将莫邪的故事,西汉刘向《列士传》中早已载录,东汉赵晔《吴越春秋》也有收录,魏曹丕《列异传》同样有录。与诸作相比较,唯干宝所作,更为通俗畅达,也更为生动,这得力于全篇口语式的对话体的运用。而人物形象也更为鲜明,如《搜神记》中赤比"踬目大怒"这一情节的添加,更突出了赤比强烈的复仇精神——人虽死而神不灭。

"胡母班"的故事,则属于另一类。虽然写的是人神、人鬼殊途之事,但是其中的故事情节却与人间世情相合。这是一篇颇有人间味道的志怪小说。

故事讲述胡母班路过泰山,被一个穿大红衣服的侍从带到了泰山府君那儿。原来泰山府君有个女儿嫁给了河伯,所以想请胡母班为他的女儿捎封书信。胡母班依照泰山府君传授的方法把信捎给了河伯。河伯十分感恩，又赠送他青丝履表示答谢。后来，胡母班再过泰山拜见泰山府君，却看见自己的父亲戴着枷锁在劳作，于是就请求府君饶恕他的父亲，并赏给他父亲泰山社公这一职务。事如胡母班所请，但是他回家一年后，他的儿子都相继死去。原来是他的父亲当上社公后，想念骨肉亲情，便招自己的孙儿到地府陪伴了。

整个故事也是叙述曲折，想象奇特。尤其是胡母班为泰山府君捎信传书，扣树而骑人出的情节，这种情节在后世小说中多有出现，最有名的就是唐传奇《柳毅传》中柳毅为龙女传书，扣洞庭橘树而有人出的故事情节。可以说，《搜神记·胡母班》中的这一情节具有故事母题的意义。故事中的人伦亲情叙写，也是非常有趣。父女情深，连神人也不例外。奇特的是，神人具有神秘的法术，传递家书却还要劳烦世间人众，还要借助凡人、外力的帮助。更为有趣的是故事的后半部分，胡母班见父亲在泰山府君处遭受劳役之苦，便向泰山府君求情，泰山府君竟然还答应了胡母班的请求。看来冥界地府也逃不过凡尘俗世的人情。而死去的老父亲也难断尘世人伦之俗念，以致让孙儿亡命到冥间相伴左右，以享天伦之乐。不过，此时期的志怪小说，虽有"人间味、烟火味"，但总体上来讲，还是比较淡薄的。

另外，此时期也有少量的单篇志怪小说，篇幅较长，叙事写人也均有可圈可点处，但这并不是六朝志怪小说的主流，此不叙论。

后世志怪小说的发展代有继作，可称说者颇多，尤其是到清代，更是迎来了一个新的创作高潮，艺术成就也颇为显著，著名的便是蒲松龄的《聊斋志异》与纪昀的《阅微草堂笔记》。

"志人"《世说新语》

　　志人小说,是相对于同期的志怪小说而言的。学界习惯把志人小说产生的源头追溯到先秦时期的诸子散文,如记载孔子及其弟子言行的《论语》、记载亚圣孟子言行的《孟子》,认为这些记录人物言行的方式影响了志人小说文体特征的形成。

　　六朝时期志人小说的兴盛,实际上与两汉以来和选拔官吏制度紧密结合在一起的品评士人的社会风气有关。两汉时期还没有产生科举制度,朝廷选拔官吏,有一条重要的渠道便是由地方官员向朝廷举荐。由此,对士人进行描绘品评的"人伦鉴识"时兴起来。到了六朝时期,老庄玄学大盛,士人向内心发现自我,主体个性意识增强。而随着佛教的流传,说空道无、出世离俗之风又盛行一时。两者相激荡,社会上弥漫着谈玄论虚的清谈之风,名士高蹈疏放的言谈与举止,成为士人流俗竞相效仿追逐的新风尚。于是,如鲁迅在《中国小说史略》中所言"世之所尚,因有撰集",志人小说由此而生。

　　相对于志怪小说作家作品的繁多,志人小说则稍显清冷,作家作品较少,先后有邯郸淳《笑林》、葛洪《西京杂记》、裴启《语林》、郭澄之《郭子》、刘义庆《世说新语》、沈约《俗说》、殷芸《小说》等等。学人于中又分为三类:第一是以邯郸淳《笑林》为代表的专门记载诙谐幽默故事的"笑林"体;第二是以葛洪《西京杂记》为代表的杂记遗闻轶事的"杂记"体;第三是以刘义庆《世说新语》为代表的专记人物言谈举止的"世

说"体。其中刘义庆《世说新语》为此三类中之翘楚,可谓独步千古,无可匹敌。

刘义庆是南朝刘宋宗室,为人淡薄寡欲,性爱简素,门下聚集了大量的文学之士。《世说新语》一书,一般认为是由刘义庆的门人杂采众书汇集而成的,刘义庆只是负责了主持和编纂工作。书中有不少故事是取自裴启的《语林》与郭澄之的《郭子》等书。

《世说新语》全书分上中下三卷,共三十六门。所收故事计有一千多则。每则故事篇幅长短不一,长的有三百多字,短的则仅有几十个字,甚至有少至不足十个字的,所记为西汉到南朝刘宋时期文人名士的逸闻轶事与玄言清谈,而尤以魏晋为主。所涉人物众多,感情色彩有褒有贬。书中所记都是历史上确实存在过的人物,关于他们的言谈事迹多数也还是真实可靠的,因此是研究魏晋社会政治、思想尤其是士林风气的绝好材料,史学价值很高。

《世说新语》中,能集中、突出表现魏晋士人独特的精神面貌的,主要在《雅量》《任诞》《简傲》《排调》等篇。如《任诞》篇,主要描写了魏晋名士率意而为、任情而行的行为。所谓"任诞",就是任性放纵,指名士们的言语行为往往随兴而起,想做什么就做什么,不受任何约束。这方面最有名的、最具代表性的篇目,无过于"雪夜访戴"的故事。

这个故事发生在一个冬天的夜晚。王子猷当时住在浙江绍兴,他的朋友戴安道在浙江嵊州。一个雪夜,王子猷突然想到了好朋友戴安道,便乘船连夜前往嵊州。坐了一夜的船来到戴家门前,可这时王子猷兴致已阑,于是又原路返回。去与返,来与回,王子猷的行为仅仅在于一个"兴"字,兴致有了,便不顾其他外在条件的限制与束缚,"乘兴而行";兴致没了,也不考虑其他得失因素,"兴尽而返"。也正是这一"兴"

字，凸显出了王子猷任情使性、潇洒自适的精神风貌。

雪夜访戴

任性、任情而行，不受任何拘束的一个重要方面，就是指名士们不受传统名教礼法的束缚，完全依据自己的禀性行事，我行我素。世俗的丧葬礼节、日常礼仪及男女有别的礼教大防，在他们看来，全都是"礼岂为我辈设也"，礼法在他们的眼中，完全是不值一文。这方面最突出的莫过于阮籍与刘伶了。

阮籍越礼行为，主要表现在他居母丧期间不遵守礼制与对男女有别礼教大防的突破上。对常人来讲，母亲亡故，嚎啕大哭、无心于酒食宴乐才是孝子所为，才是孝道所在。而阮籍在母亲去世守丧期间，不仅不居丧尽礼，反而饮酒下棋。外人来吊唁，他也不尽主人之礼，只管自己叉开两腿坐着。以当时世俗之人甚至今天的我们来看，此种行为实在是太过失礼了，不是人子所当为的。但阮籍好像完全不把这些世俗礼节放在眼中。而他的内心却是强烈的悲痛，以致"举声一号，吐血数升"。

书中关于他忽视男女有别礼教大防的事儿,主要说的是他和两个女人之间的故事。其中一人是酒店女老板,另一人则是他的嫂子。书中记载,阮籍家旁边有个酒店,卖酒的女老板长得非常漂亮,他和朋友常常去女老板那儿喝酒,喝醉了就睡在女主人的旁边,一点儿也不避嫌。女老板的丈夫偷偷观察阮籍的行为举动,也没见阮籍有图谋不轨的意思。至于他的嫂子,说的是他嫂子回娘家,阮籍出来与她送别,结果就受到了别人的指责。他却不以为然,反问他人"礼岂为我辈设也"。在阮籍对待男女有别这个话题上,以今天的角度来看,并无可指责之处,但在当时,却是属于放达而不检点的行为,有伤风化。按照礼法制度,男女是不能在一起杂坐相处的,叔嫂之间也是不能说话交流互相通问的,但这两点他都做了,故而被当作异言异行记录了下来。

而刘伶的放诞不羁,则主要表现在他的嗜酒如命与惊世骇俗的"纵酒裸形"之举上。书中记载:"刘伶恒纵酒放达,或脱衣裸形在屋中。人见讥之,伶曰:'我以天地为栋宇,屋室为裈衣,诸君何为入我裈中?'"《世说新语》中记载了数条有关刘伶醉酒的故事,这条记载的是他酒后"伤风败俗"的"失礼"行为。酒后脱衣裸体在屋内的行为,在今天的我们看来也是有碍观瞻、有伤风化的,然而,在刘伶眼中,反而是别人冒犯了他,所谓"你们为何钻到我的裤子中来"。这种漠视礼法的观念行为恰是他特立独行人格魅力的体现。

从文学角度来讲,《世说新语》虽然较为缺乏故事性,但也有故事叙述首尾完整、情节曲折的作品。如《假谲》篇中的《温公丧妇》条及《惑溺》篇中的《韩寿美姿容》条,其中前者还成为后世戏曲的题材来源,被多种戏曲搬演到舞台上,而后者"韩寿偷香"的故事,则成为后世男女偷情的一个代名词。

不过,就《世说新语》主要成就来论,还是在写人方面,其中以记叙人物的容貌神情、言谈举止为主。虽间有叙事，但故事并不是作品重心所在，某一事件、某一特定场景下人物的特异言行与容貌神情，方是作品用力着意的地方。其旨在通过记叙人物在某一事件、某一特定情景下的特殊神态与特殊言行，来展现、凸显人物独特的精神风貌。事件、情景是为人物的特异神态与特异言行服务的，人物的特异神态、特异言行又服务于人物的精神世界，而人物的内在精神世界、内在品质，也正是通过这一事件、这一情景下人物异于他人及流俗的特异神情与言行来表露的。所以，虽然《世说新语》不注重故事的情节曲折与跌宕起伏，却已经达到了写人与记事的高度结合。

如"诸葛亮之次渭滨"这则故事。诸葛亮与司马懿两军对垒的故事，在《三国演义》里被铺演成了数回篇幅，整个故事充满悲凉、感伤意味。但在《世说新语》中，这场战争并不是作者着意叙写处，甚至战争双方的军事主帅也不是作者关注的中心。曹魏集团的军事参谋辛毗才是作者所要倾力描写、塑造的人物形象。而对这一中心人物，作者也并没有给予正面描写、细致刻画，只是通过一个间谍的口述，用了短短十几个字，便把辛毗刚强、坚韧、果断的外在风貌及精神品格给刻画出来了。而正是辛毗的刚毅，才阻止了司马懿与诸葛亮的开战，避免了曹魏战争失利的结局。《谢安泛海》一则也是如此。故事仅仅通过讲述谢安与众人泛海出游遇到的一次突发事件，在众人与谢安两次不同的神态对比中，便把谢安的气度雅量品行刻画了出来。

《世说新语》还善于运用简洁明快的笔法，来叙写、刻画人物的形貌、性格与精神面貌，使得人物形象更加鲜明生动、逼真传神。可以说，《世说新语》在塑造人物形象的技巧方面已相当高超，除上所述外，还有很多，不胜枚举。如《忿狷·

王蓝田性急》条描写王蓝田的急性子:"王蓝田性急。尝食鸡子,以箸刺之,不得,便大怒,举以掷地。鸡子于地圆转未止,仍下地以屐齿踩之,又不得。瞋甚,复于地取内口中,啮破即吐之。"本条故事中,作者仅仅通过对他吃鸡蛋用筷子刺不中、扔在地下用屐齿踩踏又不中、最后从地上捡起来咬破又吐掉的三次行为动作的叙述描写,生动鲜活地刻画出了王蓝田急躁的性格。而《俭啬·王戎有好李》条,更是令人叫绝,全文总共才十六个字,而仅仅是这十六个字,就把王戎吝啬本性给完全刻画了出来:"王戎有好李,卖之,恐人得其种,恒钻其核。"一个人竟然吝啬到卖个李子还要钻破果核,真是其想也妙,其吝也绝!

除这种叙述语言外,作者还善于运用简短的人物语言,表现出人物的精神世界。如前述"王子猷雪夜访戴"故事中,王子猷"吾本乘兴而行,兴尽而返,何必见戴"的反问,体现出了他潇洒自适的名士风度。"种竹"故事中,王子猷"何可一日无此君"之语又体现了他高尚如竹的节操品质。复如"刘伶病酒"故事中的刘伶名言:"天生刘伶,以酒为名。一饮一斛,五斗解酲。妇人之言,慎不可听。"把刘伶放达好酒的个性展露得淋漓尽致。

《世说新语》问世后,历代不乏模仿之作,但均未能超越。至于其余两类,则均脱离了小说的发展轨道:《笑林》《启颜录》等与诙谐俳调相近的作品演化为后世的笑话,其余杂记体的志人类作品则演化为笔记杂著,完全丧失了小说品性。

原典选读

胡母班,字季友,泰山人也。曾至泰山之侧,忽于树间逢一绛衣驺,呼班云:"泰山府君召。"班惊愕,逡巡未答。复有一驺出,呼之,遂随行数十步,驺请班暂瞑。少顷,便见官室,威仪甚严。班乃入阁拜谒。主为设食,语班曰:"欲见君,无他,欲附书与女婿耳。"班问:"女郎何在?"曰:"女为河伯妇。"班曰:"辄当奉书,不知缘何得达?"答曰:"今适河中流,便扣舟呼青衣,当自有取书者。"班乃辞出。昔驺复令闭目,有顷,忽如故道。遂西行,如神言而呼青衣。须臾,果有一女仆出,取书而没。少顷复出,云:"河伯欲暂见君。"婢亦请瞑目。遂拜谒河伯。河伯乃大设酒食,词旨殷勤。临去,谓班曰:"感君远为致书,无物相奉。"于是命左右:"取吾青丝履来。"以贻班。班出,瞑然,忽得还舟。

——《搜神记·胡母班》

楚干将、莫邪为楚王作剑,三年乃成。王怒,欲杀之。剑有雌雄。其妻重身当产,夫语妻曰:"吾为王作剑,三年乃成;王怒,往必杀我。汝若生子是男,大,告之曰:'出户望南山,松生石上,剑在其背。'"于是即将雌剑往见楚王。王大怒,使相之:"剑有二,一雄一雌。雌来,雄不来。"王怒,即杀之。莫邪子名赤比,后壮,乃问其母曰:"吾父所在?"母曰:"汝父为楚王作剑,三年乃成。王怒,杀之。去时嘱我:'语汝子:出户望南山,松生石上,剑在其背。'"于是子出户南望,不见有山,但睹堂前松柱下石砥之上,即以斧破其背,得剑。日夜思欲报楚王。王梦见一儿,眉间广尺,言:"欲报仇。"王即购之千金。儿闻之,亡去。入山行歌。客有逢者,谓:"子年少,何哭之甚悲耶?"曰:"吾干将、莫邪子也。楚王杀吾父,吾欲报之。"客曰:"闻王购子头千金,将子头与剑来,为子报之。"儿曰:"幸甚。"即自刎,两手捧头及剑奉之,立僵。客曰:"不负子也。"于是尸乃仆。客持头往见楚王,王大喜。客曰:"此乃勇士头也。当于汤镬煮之。"王如其言。煮头三日三夕,不烂。头踔出汤中,踬目大怒。客曰:"此儿头不烂,愿王自往临视之,是必烂也。"王即临之。客以剑拟王,王头随堕汤中;客亦自拟己头,头复堕汤中。三首俱烂,不可识别。

——《搜神记·三王墓》

吴王夫差小女,名曰紫玉,年十八,才貌俱美。童子韩重,年十九,有道术。女悦之,私交信问,许为之妻。重学于齐鲁之间,临去,属其父母,使求婚。王怒,不与女。玉结气死,葬阊门之外。三年,重归,诘其父母。父母曰:"王大怒,玉结气死,已葬矣。"重哭泣哀恸,具牲币,往吊于墓前。玉魂从墓出,见重,流涕谓曰:"昔尔行之后,令二亲从王相求,度必克从大愿。不图别后,遭命奈何!"玉乃左顾,宛颈而歌曰:"南山有鸟,北山张罗。鸟既高飞,罗将奈何!意欲从君,谗言孔多。悲结生疾,没命黄垆。命之不造,冤如之何!羽族之长,名为凤凰。一日失雄,三年感伤。虽有众鸟,不为匹双。故见鄙姿,逢君辉光。身远心近,何当暂忘。"歌毕,歔欷流涕,要重还冢。重曰:"死生异路,惧有尤愆,不敢承命。"玉曰:"死生异路,吾亦知之。然今一别,永无后期。子将畏我为鬼而祸子乎?欲诚所奉,宁不相信?"重感其言,送之还冢。玉与之饮讌,留三日三夜,尽夫妇之礼。临出,取径寸明珠以送重,曰:"既毁其名,又绝其愿,复何言哉!时节自爱。若至吾家,致敬大王。"重既出,遂诣王,自说其事。王大怒曰:"吾女既死,而重造讹言,以玷秽亡灵,此不过发冢取物,托以鬼神。"趣收重。重走脱,至玉墓所诉之。玉曰:"无忧。今归白王。"王妆梳,忽见玉,惊愕悲喜,问曰:"尔缘何生?"玉跪而言曰:"昔诸生韩重来求玉,大王不许,玉名毁义绝,自致身亡。重从远还,闻玉已死,故赍牲币,诣冢吊唁。感其笃终,辄与相见,因以珠遗之。不为发冢,愿勿推治。"夫人闻之,出而抱之,玉如烟然。

——《搜神记·紫玉》

诸葛亮之次渭滨,关中震动。魏明帝深惧晋宣王战,乃遣辛毗为军司马。宣王既与亮对渭而陈,亮设诱谲万方。宣王果大忿,将欲应之以重兵。亮遣间谍觇之,还曰:"有一老夫,毅然仗黄钺,当军门立,军不得出。"亮曰:"此必辛佐治也。"

——《世说新语·方正·诸葛亮之次渭滨》

谢太傅盘桓东山时,与孙兴公诸人泛海戏。风起浪涌,孙、王诸人色并遽,便唱使还。太傅神情方王,吟啸不言。舟人以公貌闲意说,犹去不止。既风转急,浪猛,诸人皆喧动不坐。公徐云:"如此,将无归!"众人即承响而回。于是审其量,足以镇安朝野。

——《世说新语·雅量·谢太傅盘桓东山》

刘伶病酒,渴甚,从妇求酒。妇捐酒毁器,涕泣谏曰:"君饮太过,非摄生之道,必宜断之!"伶曰:"甚善。我不能自禁,唯当祝鬼神,自誓断之耳! 便可具酒肉。"妇曰:"敬闻命。"供酒肉于神前,请伶祝誓。伶跪而祝曰:"天生刘伶,以酒为名,一饮一斛,五斗解酲。妇人之言,慎不可听。"便引酒进肉,隗然已醉矣。

——《世说新语·任诞·刘伶病酒》

成年后的两副面孔

唐宋时期是中国古代小说发展的成熟期。唐传奇代表了中国古代文言短篇小说的成熟,以"话本小说"为代表的宋代白话小说则代表了中国古代小说发展的新趋向。中国古代小说也由此开始有了雅俗之别与文言白话之分。

眼花缭乱的"唐传奇"

　　唐代文学之盛,除诗歌外,另一种文学样式的代表就是唐代小说——唐传奇。在唐代,元稹的《莺莺传》初始题名为《传奇》,后裴铏有传奇小说集为《传奇》,但唐传奇成为唐代小说的专用名称,是唐以后的事情。

　　宋代,"传奇"指宋人说话艺术门类"小说"中的一个类别,这一类别主要讲人间男女的情爱故事。随着时间的发展,到元代时,"传奇"一词逐渐发展为包含人鬼恋情的烟粉、神仙鬼怪的灵怪、朴刀棍棒的杆棒、诉讼断案的公案等题材在内的小说和戏曲两种文学体裁的通称。

　　明代开始用"唐人传奇"称呼唐人小说,此后,唐传奇成为唐人小说的专用名称。而在戏曲中,明清时期,传奇一般又专指用南曲演唱的中长篇戏曲,这个称呼也一直流传至今。当然,后人有关传奇与小说的区分又有含混不清处,但它并不是主流。

唐传奇是在六朝志怪小说的基础上发展起来的。与志怪小说不同的是,它善于铺陈故事,篇幅也相应加长,所用辞藻也是浓丽华艳,与六朝的质朴古拙不同;更为重要的是,唐人已有意为小说,借以展现自己的文采,与六朝传鬼神、明因果的功利性创作主旨大异其趣。但唐传奇又非仅仅来源于志怪小说一端。唐前的史传文学已经为唐传奇储备了丰富的营养,而杂史杂传的产生与流播,也为唐传奇提供了可供借鉴的直接经验,如唐前的《燕丹子》《赵飞燕外传》《汉武帝内传》等等,以致明人胡应麟认为《赵飞燕外传》是"传奇之首也"。另外,诗歌、辞赋及六朝以来的佛教叙事文学也多少影响了唐代传奇的创作与发展。

关于唐传奇的发展,大致有这么三个阶段:

第一阶段,约从初唐到盛唐时期,是唐传奇的初兴发展期。这一阶段的小说还带有魏晋南北朝志怪小说的印记,内容上述奇记异的成分较多,明仙证佛类的"辅教"之书也多有之,体制上还保留着六朝志怪小说"丛残小语"的外在特征。但也出现了篇幅较长的单篇传奇小说和传奇小说集,数量虽少,然笔法多样,已经显示出了唐传奇的丰富多样化风格。

第二阶段是中唐时期,为唐传奇的兴盛期。这一阶段的传奇小说,作家作品众多,其中既有单篇传奇小说,也有以传奇为主的传奇志怪小说集或纯传奇小说的传奇集。前期创作多为单篇传奇,后期多为传奇作品集。题材则多以爱情婚姻故事为主,其他英雄豪侠与历史政治类题材的作品,也多有良构佳篇。总之,此阶段作品中的神怪色彩减少,现实性、人情味增多,小说笔法渐趋成熟,风格更是瑰丽多姿,唐传奇的传世名篇多出于此一阶段。

　　第三阶段是晚唐,是唐传奇的衰落期。这一阶段,情爱婚恋题材的故事减少,记神说怪的内容得到加强,宗教色彩浓厚,有回归志怪小说的倾向。同时,作品中掺入逸事杂谈,文学性减弱,伦理说教增多,史学味道增强,创作水平大幅下降。

　　唐传奇,就其题材内容来讲,多种多样,有爱恋婚姻、英雄豪侠、神仙鬼怪、历史政治、孝亲忠义、因果宿命等等,其中有些作品则又是多种主题交叉。在写作技巧上也有很大的发展。大多数传奇作品篇幅较长,记叙委曲。人物形象注重性格刻画,善于从语言、动作、心理、细节等处入手来描写人物细微丰富的情感活动,人物形象形形色色又栩栩如生。一些传奇小说,还吸收了诗歌、辞赋的创作手法,注重叙事与自然环境、人物情感的结合,达到三者的有机融合,使小说具有了诗意化的特征。

　　在诸种题材类型中,尤以爱恋婚姻题材最为动人,艺术成就也比较高。这类作品有陈玄祐《离魂记》、李景亮《李章武传》、沈既济《任氏传》、白行简《李娃传》、元稹《莺莺传》、蒋防《霍小玉传》、陈鸿《长恨歌传》等等。作品所涉及的婚恋类型,既有世间青年男女的情爱婚恋,也有帝王后妃间的爱恋,还有人神之间、人鬼之间、人妖之间的爱恋等等。此中尤以蒋防《霍小玉传》最为出色,明人胡应麟称它是唐人最精彩动人之传奇。

　　《霍小玉传》讲述的是妓女霍小玉与士子李益相爱而最终被抛弃的爱情悲剧。李益与小玉相恋,同居生活达两年之久,情爱深厚。后来李益得官离去,另聘表妹卢氏为妻,与小玉断绝了音信往来。小玉为打探李益行迹,资财用尽,也因相思过度而一病不起。有黄衫豪士愤恨李益薄情,挟持李益来见小玉。小玉痛斥李益的负心,发誓要变成厉鬼使李益妻

45

妾不得安宁,随后当场悲恸而亡。李益娶卢氏女后,因为猜忌妻子不忠而休妻,后来娶亲两次,对妻妾猜忌如故。

故事中的主人公李益与卢氏,在历史上是实有其人。据史书记载,李益本人性多猜忌,防妻妾苛酷也属实情,只是李益未曾出妻再娶,文中李益与霍小玉的故事,多是作者附会虚构而成。

这场爱情悲剧,表面上看是小玉遇人不淑,遇到了李益这样的一个负心汉,实际上却是封建礼法制和门第婚姻制的双重束缚和压迫,直接导致了两人爱恋故事的悲剧结局。李益背弃旧约的主要原因是母亲的包办婚姻,在"严毅"的母亲面前,李益只能遵从母命;表妹卢氏世家贵族的"甲族"门楣,以及李益对门阀婚姻制度的认可,也是李益弃霍就卢的一个重要原因。

除了深刻主题意识的表达外,作者在塑造人物形象方面也取得了非常大的成功。霍小玉本是霍王小女,庶出的身份使她流落教坊成为妓女。她美丽多才,对待李益,既温柔痴情,又执着倔强,敢爱敢恨。从她与李益相爱的开始,"妾本娼家"的出生,就一直使她没有丝毫的安全感,可以说,对于两人"自知非匹"的爱情未来,她有着清醒的认识,但她仍然对他温柔多情。她对李益没有太多的奢望,最大的愿望就是能够与李益欢爱相处八年,八年之后她便遁入空门,落发为尼。文中这段八年厮守的爱情表白,既包含了她对现实的无奈认可,也蕴藉了一个多情女子对爱情的美好希冀,读来令人满腹酸楚,不胜唏嘘。但是,就是这样的一个小小愿望,李益也未能满足。面对李益的薄情,她仍然一往情深,即使变卖首饰,资产用尽,也在极力找寻李益的身影。小玉对李益是如此的痴情、执着,而与李益的最后相见,在众人面前对李益薄情的痛斥,以及强烈复仇情绪的表达,又刻画了一个敢爱敢恨、勇于反抗的女性形象。这段义正词严的控诉,可谓字字血泪。其中既有对自己不幸命运的哀怨,也有对李益无情薄幸的鞭挞,更暗含着对整个封建礼教、门阀制度的强烈批判。小玉之死,更是把这种批判推向极致,使作品自始至终笼罩在浓厚的悲剧氛围之中,也使小玉身上所蕴含的悲剧意味表现得更为强烈。

对男主人公李益,作者也并没有进行简单化的处理,而是写出了人物性格的复杂、多面性。李益出生于名门贵族,才貌兼备。他对小玉并非全然决绝无情。两人初相爱时,对美丽多情的小玉,他也是一腔挚诚,非常倾心。他与小玉的山盟海誓,也有他真情流露的一面。只是在家长权威、门第婚姻制度和个人情感之间,他选择了前者,透露出他性格中软弱、妥协的一面。在他联姻卢氏女后,把小玉弃置一边,百般隐瞒自己的行踪,即使小玉卧病在床,他也不肯前往探视,显示出其性格中薄情、绝情的一面。但当小玉病逝后,他又为小玉服丧,每天以泪洗面;即使和卢氏结婚,也常常闷闷不乐,绝情中又有他的多情。从有情到薄情、绝情,再到多情,李益形象的塑造,使人感觉真实可信。

本篇中,对次要人物的用笔着色也很传神,如鲍十一娘的巧语花言、黄衫豪士的豪爽仗义,不仅写出了人物的身份特征,而且还刻画出了各自的气质禀性,令人物栩栩如生、形象鲜明。

在中国古代文学中,"多情女子负心汉"是反复呈现的母题,而《霍小玉传》可视为这一系列作品的影响深远的奠基之作。

与霍小玉爱情故事的缠绵悱恻、凄婉欲绝风格不同,《柳毅传》中的爱情故事则是充满浪漫主义色彩。故事讲述的是书生柳毅和龙女之间的爱情故事。人神恋爱,是中国古代文学作品中常见的题材类型,但其中又蕴含着侠义色彩,可以说,它是混合着志怪、侠义、爱情等多重色彩在内的传奇故事。

故事写考试落第的柳毅经过泾阳,见到受丈夫、公婆虐待的龙女在泾河畔放羊。龙女请求柳毅为她送信到洞庭龙宫,柳毅仗义允诺。洞庭龙王见信悲伤,龙女叔叔钱塘君更是激愤难抑,挣脱枷锁,狂飞到泾河,杀死泾河小龙,救回了龙女。龙女得救后,钱塘君做媒,想把龙女嫁给柳毅,但被柳毅严词拒绝。后柳毅回家,连着娶了张、韩两位女子,但都相继而亡。后又再娶卢氏女,并且生有一子,而这位卢氏女就是当年的龙女变化而成。最后夫妇同归洞庭龙宫,成就神仙眷属。

作品在人物塑造上有着很高的成就。作为故事的第一主人公柳毅,虽然是一名儒生,但最突出的形象特征却是他的侠义精神。在他看到憔悴的龙女在河畔放羊时,便主动上前探问究竟。当龙女哭诉完自己的悲惨遭遇,并请求他代传书信时,他"气血俱动",当即表示愿意为龙女效力。很明显,他是一个富有同情心与正义感的大丈夫,在他的身上有种扶危济困、见义勇为的豪侠情怀。柳毅的大丈夫形象,在与钱塘君的矛盾冲突中进一步体现出来。当钱塘君借酒醉之机,以目中无人、居高临下的语气与姿态要求柳毅娶龙女为妻时,柳毅则大义凛然,断然拒绝了钱塘君。在他看来,杀夫娶妇是不义的行为,而钱塘君的咄咄逼人,更使自重自爱、不畏强权的他难以屈服接受。这一情节桥段,充分表现出了他刚烈、正直、尚义、轻色的一面。柳毅虽然拒绝了钱塘君的要求,但他并不是一个没有情义的人。他初见龙女的时候,虽然没有爱恋情分在内,但对龙女却是颇有好感。而当他再别龙女的时候,他的脸上已经有"叹恨之色",他对龙女已经渐渐生情。最后和变为卢氏的龙女伉俪情深,更是他重情的表现。不过,自始至终,在义与情之间,柳毅一直是以义当先的。

《柳毅传》中,作者还塑造了一系列生动鲜明、人格化了的龙的形象,如温柔多情的龙女、沉稳包容的洞庭君、正直勇猛但又粗暴鲁莽的钱塘君,尤其是钱塘君,柳毅之外,当属他最为出彩动人。当他听到侄女深受婆家虐待,在泾阳河畔放羊度日时,气愤难耐,立马挣脱了金锁玉柱,冲霄飞往泾阳。文中这样写道:“语未毕,而大声忽发,天坼地裂,宫殿摆簸,云烟沸涌。俄有赤龙长千余尺,电目血舌,朱鳞火鬣,项掣金锁,锁牵玉柱,千雷万霆,激绕其身,霰雪雨雹,一时皆下,乃擘青天而飞去。”这段描写,有如排山倒海的钱塘潮水扑面而来,波涛汹涌,惊心动魄。而钱塘君刚猛无畏的暴烈性格,也使人一览无遗。钱塘君飞离洞庭龙宫后,转眼间便携龙女而回,他与洞庭君的对答问话,又展现出了他的另一面:“君曰:‘所杀几何?’曰:‘六十万。’‘伤稼乎?’曰:‘八百里。’君曰:‘无情郎安在?’曰:‘食之矣’。”钱塘君冲天一怒,致使六十万河底生灵被杀,八百里农作物被毁,薄情寡义之人被吞食。作者用极简练的对话,鲜明地刻画出了钱塘君疾恶如仇、鲁莽暴戾的性格。而乘醉逼迫柳毅答应婚约,后又悔过认错的行为,又展现出了他性格“迅急磊落”的一面。

另外,在这杂糅着志怪、侠义、爱情等多重色彩在内,极富浪漫主义特色的故事中,还包含着丰富的现实主题,它们虽然不是故事的中心,但却具有深刻的文化内涵。一是龙女嫁给泾河小龙的故事,包含着对父母包办婚姻的否定,对自由婚恋生活的向往。二是龙女变身为范阳卢氏女嫁给柳毅为妻,又体现了作者内心深处浓厚的门第婚姻观念。范阳卢氏为唐代五大姓之一,柳毅前娶张、韩二女,门第都不高,所以婚姻也不长久；只有婚配卢氏，才算幸福美满。"男女二姓，俱为豪族，法用礼物，尽其丰盛。金陵之士，莫不健仰"，这样的行文描写，深刻表现出了作者对此种门第婚姻的肯定与艳羡。

除爱恋婚姻题材外，英雄豪侠题材的作品，最为光彩夺目，它们的成就与影响足可以与前者相媲美。这些作品有李公佐《谢小娥传》、薛调《无双传》、袁郊《红线》、沈亚之《冯燕传》、薛用弱《贾人妻》、杜光庭《虬髯客传》、裴铏《聂隐娘》《昆仑奴传》等等。他们/她们，行侠仗义，快意恩仇，或济人于危难中，如许俊、古押衙、黄衫客等；或为藩镇首脑效命，如红线、聂隐娘等；或杀无义、救无辜，如冯燕；或为父为亲报仇，如谢小娥、贾人妻等。此中特异者，当属杜光庭《虬髯客传》，它被金庸称为"中国古代武侠小说的鼻祖"。

《虬髯客传》的故事梗概是：隋代末年李靖在长安以布衣的身份谒见杨素，杨素府第有位手执红拂的家妓倾慕李靖的才能胆识，乘夜往奔李靖。二人逃往太原的途中结识了豪侠虬髯客，因红拂妓与虬髯客同姓张，二人以兄妹之礼相待。虬髯客听说二人将到太原投奔李世民，与自己想要寻访的人略似，于是与二人约定在太原相会。虬髯客、李靖如期在太原相见后，通过刘文静见到了李世民。虬髯客原本有称雄天下的大志，见李世民气宇不凡，自己不能与他抗衡匹敌，便把自己的家资财产全部赠送给李靖夫妇，使李靖辅佐李世民成就大业，而自己则与妻子远赴海外他方去另辟天地了。后来，虬髯客在扶余国登基称王。

故事中虽然有杨素、李靖、刘文静、李世民这些历史人物，但所叙故事与史不符，篇中的红拂妓与虬髯客，均出自作者自己的想象虚构，纯属小说家言。从文末作者撰写的论说来看，它所表达的主题，主要是在宣扬一种"得天命者为天子"的思想,想要以此篇来儆戒犯上作乱的臣子。不过,从它的传播与接受的实际情况来看,读者喜欢、欣赏的,更多地是故事中的三位英雄豪杰,他所创作的虬髯客、红拂妓与李靖三位侠客,个性鲜明,艳称古今。

虬髯客,是前此英雄武侠故事中未有之人,也是整个中国古代小说中独特的"一个"。可以用一个"异"字来形容他——貌异、行异。他身材不过中等,"赤发而虬须",外在形貌异于他人。异人而有异行,他的为人行事也与他人不同。第一次见红拂妓——这也是他第一次在文本中出场亮相,竟然直接把革囊包裹投掷到炉火跟前,自己却拿枕头倚卧胡床之上看红拂妓梳头。在古代,男子与女子初次见面,就敢如此无礼放肆,不是色胆包天、品行不端,就是胆识胸襟与众不同。很显然,虬髯客是后一类人。与其他侠客义士最大的不同,则在于他是个有志图王的英雄豪侠。虽然他也曾花掉十年时间去寻杀负心之人,也曾将负心人心肝切来就酒,也曾与红拂妓讲江湖义气而结为兄妹,也曾将全部家产无偿赠予李靖夫妇,所行之事,豪气四溢,但问鼎中原,成为统一天下的王,才是他的行为重心所在。而当他得知天下已经有英主问世,便知命识机,把财产拱手相让给李靖夫妇,让李靖用自己的资财去帮助那位未来的英主打天下,自己则与妻、奴三人,策马奔行,远赴海外谋求他的王图霸业。这种豪迈卓异的侠士风采却是一般侠士所不及的,也是他远超众位侠士的一个重要原因。

故事中的另外两位主人公——红拂妓与李靖,也是各有特色。红拂妓被称为侠女,不在于她的武功本领与行侠仗义,而主要在于她的机智、胆识。红拂妓虽然是杨素家的一位家妓,地位低下,但却富有智慧,能慧眼识人,并且行事果断。这主要体现在慧眼识杨素、李靖、虬髯客三件事上:第一,她认识到杨素虽然位高权重,不过是尸居余气,无所作为;第二,虽然李靖谒见杨素时仅仅是个布衣,但她知道李靖有雄才大略,于是当下就打探好李靖的住处,深夜改装私奔李靖;第三,面对虬髯客的无礼直视,她非但没有躲避或生气动怒,反而大胆仔细观察虬髯客,并示意李靖不要轻举妄动。在与虬髯客的一问一答间,二人便结为了兄妹。一场将要发生的武林厮杀,就被她这样轻易地化解掉了。能够识别英雄,驾驭英雄,她本人当然也足可称为英雄。李靖以他布衣平民的身份谒见杨素,陈说兴业安邦之奇策,这一行为本身已非常人所敢为,而在杨素面前,竟然还敢指摘批评杨素的行为过错,这更足以说明李靖胆略过人。在灵石旅店,与虬髯客初相识,他又把他和红拂妓的故事和盘托出,除胆略过人外,又体现了他行事光明磊落的一面。不过,相较虬髯客、红拂妓,李靖形象要逊色很多。

　　总之,本篇写英雄豪杰,笔墨酣畅淋漓,与它篇迥然不同,确实是唐传奇英雄豪侠题材类型里不可多得的佳篇,对后世影响也很大,后人论古代的英雄侠客,虬髯客与红拂妓是必被提及的人物。

　　唐代以后,传奇小说代有问世,虽有佳构优篇,但从总体来看,伦理道德的说教意味浓厚,缺乏唐人风韵神采,成就不高。

朴实生动的"宋话本"

宋代小说，虽然也有志怪、传奇，但是最能代表宋代小说及中国古代小说发展趋向的则是宋代的话本小说，它是宋代白话短篇小说的成熟形态。如果说唐传奇包括志怪小说属于文人士大夫阶层创作的贵族文化，那么宋话本则是由下层民众创造的平民文化，前者属于雅文化，后者属于俗文化。

所谓"话本"，一般指说话人用的说话底本。"说话"，就是讲故事。它起源于民间的口头说话艺术。这种艺术，远可追溯到汉代的俳优滑稽艺术，乃至先秦的瞽矇诵诗、上古口耳相传的神话传说等，近可联系到隋唐间的"说话"、俗讲、转变等艺术活动，尤其是后者，直接影响了宋代说话艺术的产生。

两宋时期，是说话艺术的兴盛成熟期。发达的城市经济，壮大的市民阶层，为"说话"伎艺的发展提供了广阔的空间。两宋都城汴梁与临安，出现了专门的游艺场所"勾栏瓦舍"，这为"说话"及其他说唱伎艺提供了固定的演说场所。此外，还出现了大量的有名的"说话"艺人。这些人身份地位大多比较低下，有的是落第的秀才，有的是落魄的文人，还有的是处于社会底层的小市民，以及不多的方外人士。

伴随着"说话"艺术的兴盛，"说话"伎艺也开始走向职业化、专门化。据史料记载，北宋"说话"科目，主要有"讲史""说三分""小说""五代史""说诨话"五种，其中"说三分""五代史"分别指三国故事和唐末五代故事，也属于历史科目，只是更专业而已。诨话，指滑稽诙谐的笑话，和叙事的小说无关。南宋灌园耐得翁《都城纪胜》"瓦舍众伎"条又分说话为"四家",由此,"说话四家"成了一个固定的说法。但是,由于原文表述不清,断句可以有多种,所以四家具体为哪四家,后世学者多有不同看法。

四家包括"小说""讲史""说经"这三家,诸家没有异议,分歧主要在第四家上。鲁迅在《中国小说的历史的变迁》中认为第四家是"合生"。所谓"合生","是先念含混的两句诗,随后再念几句,才能懂得意思,大概是讽刺时人的"。但胡士莹在《话本小说概论》中则认为是"具有现实性""专门讲说宋代的战争"的"说铁骑儿"。此论甚为合理,学界从此说者较多。

"说话"这门伎艺发展之初,故事可能是在师徒之间或"说话"同行间口耳相传,并没有形成文字。随后,便渐渐有了叙事简略粗糙的说话艺人所用的说话底本、说话故事的记录整理本,以及由书会才人据史书、野史笔记及前人小说等改编而成的通俗故事文本。口头文学演变为书面文学,"话本""话本小说"也就由此产生。

四个门类,相应也就有四种类型的话本,本节主要选讲和宋代市井市民生活关系比较密切,能反映宋代民众审美趣味的"小说话本"。

据题材内容来进一步划分,"小说话本"主要有烟粉传奇、朴刀杆棒、公案、灵怪类等。我们这里主要讲前三类。

烟粉传奇类话本小说,主要讲述青年男女的情爱婚恋故事。烟粉类小说,从现存此类话本名目及内容来分析,主要指的是有关女鬼和青年男子的情爱故事。这类作品有《灰骨匣》《燕子楼》《碾玉观音》等。传奇类故事则主要是讲述人间男女的爱情,其中很多作品取材于唐代传奇小说。烟粉传奇类作品中,最能反映宋元时期市井市民情感的当属《碾玉观

音》。

《碾玉观音》写的是卖身于咸安郡王府为养娘的璩秀秀，爱上了府中的碾玉匠人崔宁，趁着王府失火的机会，她与崔宁双双私奔潜逃。一年后，二人被王府的排军郭立撞见，郭立回郡王府后立马向郡王告密。郡王便派人将二人捉了回来，把秀秀打死在王府的后花园内，崔宁则被发配建康。秀秀被打死的事情，崔宁并不知道，秀秀的鬼魂化成人形找到崔宁，二人仍以夫妻的身份生活在一起。没想到过了一段时间，又被郭立撞见告发。秀秀已死的事情也被揭穿，于是，秀秀在捉弄、惩罚了郭立后，揪着崔宁一块到阴间做鬼夫妻去了。

这篇小说善于利用巧合，使情节扑朔迷离，曲折动人。璩秀秀出来观看咸安郡王外出春游归来的盛况，恰巧被咸安郡王发现，于是，秀秀被强迫献到王府做养娘。咸安王府失火，使相爱的秀秀和崔宁在偶然中恰巧相遇，于是二人携手私奔逃亡。排军郭立与崔宁的偶然巧遇，使得故事陡生波澜，夫妇二人原有的平静生活被打破，人物命运也由此被彻底改变。郭立告密，直接导致二人一生一亡。崔宁在不知秀秀已死的情况下，与秀秀做了一对人鬼夫妻，恰巧又被郭立撞破，秀秀已死的真相到此方被揭开，从而也直接把故事推向了高潮。整个故事真是起伏跌宕、波澜横生。

《碾玉观音》中的人物形象也比较有个性，秀秀的大胆、勇敢与崔宁的懦弱形成鲜明对比。大火中，秀秀遇到崔宁，便主动要求崔宁带她出去躲避。在崔宁家中，她又主动向崔宁求婚示爱："你记得当时在月台上赏月把我许你，你兀自拜谢，你记得也不记得？"而崔宁只是叉着手唯唯应诺而已。当秀秀又进一步表示要当下成就夫妻之礼的时候："比似只管等待，何不今夜我和你先做夫妻？不知你意下何如？"而崔宁则是说不敢。最后,秀秀只好威逼、恐吓崔宁:"你如道不敢,我叫将起来,教坏了你,你却如何将我到家中?我明日府里去说。"正是在她的逼迫下,崔宁才答应她做夫妻,并决定私奔逃往他乡。

这个故事当然是悲剧性的。表面上是写人鬼幽期,实际上是曲折地表现了宋代普通市井男女在情爱婚恋上的问题。一对普通的青年男女,想要追求自己的自由爱情婚姻而不可得,最终女主人公被活活打死,女主人公的父母也因此伤心而亡。更为悲惨的是,二人甚至连做人鬼夫妻的权利都要遭受到恶势力的破坏摧残,最后只能同归阴间做鬼夫妻。故事读来实在令人感伤!

朴刀、杆棒类话本小说,大多是写江湖好汉与沙场英雄们使刀弄棒、打打杀杀的故事。其中有不少水浒故事,如《青面兽》《花和尚》《武行者》等。现存朴刀杆棒类小说有《十条龙》《拦路虎》,其中较完整、还保留着宋元话本小说原貌的是《拦路虎》。

《拦路虎》主要叙述杨令公曾孙杨温斗杀强盗、救回妻子的故事。杨温武艺高强,娶冷太尉女为妻,两人非常恩爱。有一天,杨温在街市上卜了一个凶卦,算命先生说外出百里才能免灾。在妻子冷氏的建议下,杨温决定带妻子去东岳烧香以消灾难。结果在路途旅店中遇到强盗打劫,冷氏和财物全被掠去,杨温也因此在客店中病了半个月。在杨玉员外的帮助下,杨温在东岳庙擂台上打败了擂主山东夜叉李贵。为免李贵弟子寻事,杨温与杨玉结为了兄弟。一天,有庄客来请杨玉回家,杨温认出那人是打劫的贼道,便请求与杨玉一块儿回家。在杨玉家中,杨温得知杨玉一家均属贼盗一流,妻子冷氏正是被杨玉朋友细腰虎杨达抢劫而去。杨温寻机会逃出,遇到父亲的手下陈千,杨温便借助陈千及马都头的力量,共同救出了冷氏。

这篇故事,语言质朴无华,文中保留了当时的许多俗语。叙事、写人都显得比较粗糙,有些地方甚至不够细致严谨。但文中关于杨温与杨玉、马都头及李贵比武使棒的情节,还算比较出彩。如杨温与马都头较量:"马都头棒打杨官人,就幸则一步,拦腰便打。那马都头使棒,则半步一隔,杨官人便走。都头赶上使一棒,劈头打下来,杨官人把脚侧一步,棒过和身也过,落夹背一棒,把都头打一下伏地,看见脊背上肿起来,杨官人道:'都头使得好,我不是刷子!'都头起来,着了衣裳,道:'好,你真个会。'"作者叙述杨温与马都头两人使棒比武的一招一式甚有架式,后世《水浒传》中"林冲棒打洪教头"一回与此极为相似,应当是受到了此处描写的影响。另外,小说中的打擂情节也颇具典型意义。在后世的英雄侠义等故事中常见有打擂的故事情节出现,而且描写打擂情节的路数正与此一般相同。先是说擂主如何了得,真有打遍天下无敌手之势,是个了不起的人物。然后真正的打擂英雄方才出场亮相,而且在英雄上台之前,则会先有几个不济的打擂人物被擂主不费吹灰之力地打倒,然后是英雄正式上场打擂挑战。再然后就是不到几个回合,擂主就成了英雄的手下败将了。从以上这两点看《拦路虎》,其又有别样的文学价值存在。

虽然古代文献资料留下的当时公案话本小说的数目很多,但现在流传下来可以确认为公案小说的作品,却是屈指可数。真正可以断定为公案小说的作品有《三现身》《勘靴儿》。前者是宋元小说中常见的包公断案故事,后者虽不能归为哪位断案名人之下,但其艺术成就要远高于前者。

《勘靴儿》讲述的是宋朝时期,宋徽宗嫔妃韩夫人与假冒的"二郎神"通奸,最终被侦破的故事。宋徽宗后宫专宠安夫人,致使韩夫人不能分享皇帝的宠幸而忧郁成疾。徽宗命令太尉杨戬带领韩夫人回杨戬府第治病,病情痊愈后再接入宫中。但是韩夫人在杨府中病情好转后却不愿回皇宫过那凄凉孤寂的日子,一心想找寻个丈夫,以享人间夫妇之欢爱。一天,韩夫人与太尉夫人去庙中烧香还愿时,偷偷看到了二郎神的塑像,产生爱慕之情,便暗暗祷告能嫁给像二郎神这样的男子。不料当天晚上,二郎神果然来见韩夫人。第二天晚上的时候,二人已经行夫妇之礼了。过了一段时间,这件事被杨太尉夫妇发觉,先后请来法官、道士除妖。潘道士设计斗法,击落了二郎神的一只皮靴。案情随即让开封府滕大尹办理。滕大尹手下办案人冉贵以皮靴为线索,经过层层推理,提取相关一干人证及便装侦察,最后侦破与韩夫人幽会的不是所谓的"二郎神",而是庙官孙神通。后经皇帝下旨,孙神通被凌迟处死,韩夫人则另嫁他人为妇。

故事虽然涉及皇帝、后妃、太尉、府尹,但内容却是民间喜见的男女偷情私通素材,所以说,整个故事还是带有浓郁的世俗大众的审美趣味。而身为后妃的韩夫人与人通奸,并没有被处以极刑,反而得偿所愿,喜享夫妇情爱,也体现了普通市民的良好愿望。

本篇最值得称道的地方,在冉贵侦破案情这一系列情节中。冉贵从案发现场遗落的一只皮靴入手,从中找出了靴子的制造者任一郎。众人认为就此可以顺藤摸瓜,完结案情。结果,众人设计引诱任一郎到案,任一郎却指出靴子是蔡太师府中张干办定制的。滕大尹等人到太师府中禀明案情,又发现靴子被太师赠送给了杨知县;而蔡太师派人拿取杨知县,却又发现靴子被杨知县供养给了二郎神。上述案情经过一层层的推理求证,似乎越来越明朗,但在此时,所有线索全部中断,案情似乎又回到了原点,陷入不可知的神道中。难道真是二郎神所为?当众人都有如此猜想的时候,冉贵却并不那么认为,所以他乔装改扮成收卖杂货的,到二郎神庙附近侦察案情。此行无意中收得另外一只皮靴,遂使案情迅速急转,真相大白,罪犯孙神通终被抓捕归案。

利用鬼魂现身、破梦解谜及偶然巧合的方法破案,是我国古代公案小说常见的断案手段,这样的断案程式有很大的缺陷,容易使小说陷入因果报应等宗教迷信的怪圈,以致失去故事的真实性,可信度大打折扣。《三现身》中的包公断案就有这种缺陷。而《勘靴儿》中的断案情节,与上述模式迥然不同。它依靠的是办案人员严密的逻辑推理与取物求证等方法来判断案情,极具现代推理小说意味。这种断案推理,不仅使人感觉真实可信,而且还能激发人的阅读兴趣,使人在读故事中获得益智的快感。二者相较,高下立现。

另外有《错斩崔宁》话本小说,其中也涉及诉讼断案,但它的叙述中心却不在勘破案情上,反而是其中的故事情节,曲折离奇,引人入胜,很有趣味。

故事写南宋临安人刘贵,弃儒经商,但是时运不济,又把本钱消耗掉,生计更加艰难。岳父借给他十五贯钱,让他经商。刘贵酒醉回家的当晚,嫌小姜陈二姐开门迟慢,便戏言骗她说已经把她典卖给他人了,有十五贯钱为证。陈二姐信以为真,趁刘贵睡熟后,决定偷偷逃亡娘家告诉父母。在回娘家的途中,陈二姐遇到了后生崔宁,于是二人结伴同行,结果被追赶上来的邻居一块拿送官府。原来当晚刘贵被人杀死,十五贯钱也不知去向,恰巧崔宁身上也有十五贯钱,所以二人被屈打成招,问成死罪,被斩而亡。而刘贵的正室王氏,在回娘家的途中被一个山大王掳掠到山上做了压寨夫人,后来听说山大王就是杀死丈夫刘贵的凶手,便乘机告官。最后真相大白,山大王被处死,陈二姐与崔宁的沉冤也得以昭雪。如果说本案和官府断案有关的地方,倒是在于本篇揭露了封建吏治的腐败黑暗,滥用刑罚,枉杀无辜,具有强烈的批判现实色彩。

《错斩崔宁》是篇故事性很强的话本小说,故事内容不涉及神仙鬼怪,而是取材于市井小民的生活,全部情节主要是围绕"十五贯"而展开,并通过"巧合"事件来穿插、推动故事情节的发展。明人冯梦龙《醒世恒言》收入此篇,改题为《十五贯戏言成巧祸》,可谓颇具慧眼。刘贵岳父借给刘贵的钱是十五贯,崔宁卖丝得来的钱也刚好是十五贯;陈二姐借宿邻舍家,恰巧当晚就有贼人来家掠钱杀人;陈二姐娘家在褚家堂附近,身上有十五贯的崔宁也要往褚家堂去,于是二人结伴而行。正是这一系列的巧合,促使了冤案的发生。刘贵大娘子王氏回娘家途中被静山大王掳掠,巧的是,静山大王就是杀害丈夫、盗走钱财的真凶。又是在这一巧合下,冤案得以平反。

虽然整个情节都是在"巧合"这种带有偶然性因素下发生的,但是又非常合乎情理。刘贵回家途中,路过有从商经验的相识门前,上门取经求教是在情理之中的事儿。好友见面,朋友间喝上一两杯乃至喝醉也是常理。刘贵酒醉回家,敲了半天门,陈二姐才来开门。酒醉的人心中不痛快,开玩笑吓唬人这种事情也属自然。陈二姐听说自己被典卖,慌忙出行,以致门户没锁好也属常情……作者就是这样把这种种合乎情理的事情连接起来,组成一个个看似巧合实属必然的事件,编织成离奇曲折又引人入胜的故事,呈现在读者面前的。

通过上述几种题材类型话本小说的叙述分析可以看出,宋元话本小说呈现出了不同于以往文人创作的显著特点,小说中的主人公大多是下层民众,即使有帝王将相,写的也是民众俗情。故事情节曲折离奇,语言通俗易懂,艺术风格符合市民大众的审美趣味。这些特点,在明代后期出现的文人拟话本小说中也还或多或少地保留着。

原典选读

先此一夕，玉梦黄衫丈夫抱生来，至席，使玉脱鞋。惊寤而告母。因自解曰："鞋者，谐也。夫妇再合。脱者，解也。既合而解，亦当永诀。由此征之，必遂相见，相见之后当死矣。"凌晨，请母妆梳。母以其久病，心意惑乱，不甚信之。俛勉之间，强为妆梳。妆梳才毕，而生果至。玉沉绵日久，转侧须人。忽闻生来，欻然自起，更衣而出，恍若有神。遂与生相见，含怒凝视，不复有言。羸质娇姿，如不胜致，时复掩袂，返顾李生。感物伤人，坐皆唏嘘。顷之，有酒肴数十盘，自外而来。一坐惊视，遽问其故，悉是豪士之所致也。因遂陈设，相就而坐。玉乃侧身转面，斜视生良久，遂举杯酒酬地曰："我为女子，薄命如斯！君是丈夫，负心若此。韶颜稚齿，饮恨而终。慈母在堂，不能供养。绮罗弦管，从此永休。征痛黄泉，皆君所致。李君李君，今当永诀！我死之后，必为厉鬼，使君妻妾，终日不安！"乃引左手握生臂，掷杯于地，长恸号哭数声而绝。母乃举尸，置于生怀，令唤之，遂不复苏矣。

——《霍小玉传》

翌日，又宴毅于清光阁。钱塘因酒作色，踞谓毅曰："不闻'猛石可裂不可卷，义士可杀不可羞'耶？愚有衷曲，欲一陈于公。如可，则俱在云霄；如不可，则皆夷粪壤。足下以为何如哉？"毅曰："请闻之。"钱塘曰："泾阳之妻，则洞庭君之爱女也。淑性茂质，为九姻所重。不幸见辱于匪人，今则绝矣。将欲求托高义，世为亲戚，使受恩者知其所归，怀爱者知其所付，岂不为君子始终之道者？"毅肃然而作，欻然而笑曰："诚不知钱塘君孱困如是！毅始闻跨九州，怀五岳，泄其愤怒；复见断金锁，掣玉柱，赴其急难。毅以为刚决明直，无如君者。盖犯之者不避其死，感之者不爱其生，此真丈夫之志。奈何萧管方洽,亲宾正和,不顾其道,以威加人？岂仆之素望哉！若遇公于洪波之中,玄山之间,鼓以鳞须,被以云雨,将迫毅以死,毅则以禽兽视之,亦何恨哉！今体被衣冠,坐谈礼义,尽五常之志性,负百行之微旨,虽人世贤杰,有不如者,况江河灵类乎？而欲以蠢然之躯,悍然之性,乘酒假气,将迫于人,岂近直哉！且毅之质,不足以藏王一甲之间。然而敢以不伏之心,胜王不道之气。惟王筹之!"钱塘乃逡巡致谢曰:"寡人生长宫房,不闻正论。向者词述狂妄,妄突高明。退自循顾,戾不容责。幸君子不为此乖间可也。"其夕,复饮宴,其乐如旧。毅与钱塘,遂为知心友。

——《柳毅传》

　　将归太原,行次灵石旅舍。既设床,炉中烹肉且熟。张氏以发长委地,立梳床前。公方刷马。忽有一人,中形,赤髯而虬,乘蹇驴而来。投革囊于炉前,取枕敧卧,看张氏梳头。公怒甚,未决,犹亲刷马。张氏熟视其面,一手握发,一手映身摇示公,令勿怒。急急梳头毕,敛衽前问其姓。卧客答曰:"姓张。"对曰:"妾亦姓张,合是妹。"遽拜之。问第几。曰:"第三。"因问:"妹第几?"曰:"最长。"遂喜曰:"今夕幸逢一妹。"张氏遥呼曰:"李郎,且来见三兄!"公骤拜之。遂环坐。曰:"煮者何肉?"曰:"羊肉,计已熟矣。"客曰:"饥甚。"公出市胡饼。客抽腰间匕首,切肉共食。食竟,余肉乱切,送驴前食之,甚速。客曰:"观李郎之行,贫士也。何以致斯异人?"曰:"靖虽贫,亦有心者焉。他人见问,故不言。兄之问,则不隐耳。"具言其由。曰:"然则将何之?"曰:"将避地太原。"曰:"然故非君所致也。"曰:"有酒乎?"曰:"主人西则酒肆也。"公取酒一斗。既巡,客曰:"吾有少下酒物,李郎能同之乎?"公曰:"不敢。"于是开革囊,取出一人头并心肝。却收头囊中,以匕首切心肝,共食之。曰:"此人乃天下负心者也,衔之十年,今始获之。吾憾释矣。"又曰:"观李郎仪形器宇,真丈夫也。亦闻太原有异人乎?"曰:"尝识一人,愚谓之真人也!其余,将相而已。"曰:"其人何姓?"曰:"靖之同姓。"曰:"年几?"曰:"仅二十。"曰:"今何为?"曰:"州将之爱子也。"曰:"似矣,亦须见之。李郎能致吾一见乎?"曰:"靖之友刘文静者,与之狎。因文静见之可也。然兄欲何为?"曰:"望气者言,太原有奇气,使吾访之。李郎明发,何日到太原?"靖计之,某日当到。曰:"达之明日,日方曙,候我于汾阳桥。"言讫,乘驴而去,其行若飞,回顾已失。公与张氏且惊且喜,久之,曰:"烈士不欺人,固无畏。"促鞭而行。

——《虬髯客传》

　　两个又起身上路,径取潭州。不则一日,到了潭州,却是走得远了。就潭州市里,讨间房屋,出面招牌,写着"行在崔待诏碾玉生活"。崔宁便对秀秀道:"这里离行在有二千余里了,料得无事。你我安心,好做长久夫妻。"潭州也有几个寄居官员,见崔宁是行在待诏,日逐也有生活得做。崔宁密使人打探行在本府中事,有曾到都下的,得知府中当夜失火,不见了一个养娘,出赏钱寻了几日,不知下落。也不知道崔宁将他走了,见在潭州住。

　　时光似箭,日月如梭,也有一年之上。忽一日,方早开门,见两个着皂衫的,一似虞候!府干打扮,入来铺里坐地,问道:"本官听得说有个行在崔待诏,教请过来做生活。"崔宁分付了家中,随这两个人到湘潭县路上来。便将崔宁到宅里,相见官人,承揽了玉作生活。回路归家,正行间,只见一个汉子,头上带个竹丝笠儿,穿着一领白段子两上领布衫,青白行缠扎着裤子口,着一双多耳麻鞋,挑着一个高肩担儿;正面来,把崔宁看了一看。崔宁却不见这汉面貌,这个人却见崔宁,从后大踏步尾着崔宁来。

……

一路尾着崔宁到家,正见秀秀坐在柜身子里。便撞破他们道:"崔大夫! 多时不见,你却在这里! 秀秀养娘他如何也在这里? 郡王教我下书来潭州,今日遇着你们。原来秀秀养娘嫁了你? 也好!"当时吓杀崔宁夫妻两个,被他看破。

那人是谁? 却是郡王府中一个排军,从小伏侍郡王,见他朴实,差他送钱与刘两府。这人姓郭名立,叫做郭排军。当下夫妻请住郭排军,安排酒来请他,分付道:"你到府中,千万莫说与郡王知道。"郭排军道:"郡王怎知得你两个在这里? 我没事却说甚么?"当下酬谢了出门。回到府中,参见郡王,纳了回书,看着郡王道:"郭立前日下书回,打潭州过,却见两个人在那里住。"郡王问:"是谁?"郭立道:"见秀秀养娘并崔待诏两个,请郭立吃了酒食,教休来府中说知。"郡王听说,便道:"叵耐这两个做出这事来! 却如何直走到那里?"郭立道:"也不知他仔细。只见他在那里住地,依旧挂招牌做生活。"郡王教干办去分付临安府,即时差一个缉捕使臣,带着做公的,备了盘缠,径来湖南潭州府,下了公文,同来寻崔宁和秀秀。

——《碾玉观音》

到得刘官人门首,好一场热闹! 小娘子入去看时,只见刘官人斧劈倒在地死了,床上十五贯钱分文也不见。开了口合不得,伸了舌缩不上去。那后生也慌了,便道:"我怎的晦气! 没来由和那小娘子同走一程,却做了干连人。"众人都和哄着。正在那里分豁不开,只见王老员外和女儿一步一搋走回家来,见了女婿身尸,哭了一场,便对小娘子道:"你却如何杀了丈夫,劫了十五贯钱,逃走出去? 今日天理昭然,有何理说!"小娘子道:"十五贯钱委是有的。只是丈夫昨晚回来,说是无计奈何,将奴家典与他人,典得十五贯身价在此,说过今日便要奴家到他家去。奴家因不知他典与甚色样人家,先去与爹娘说知,故此趁夜深了,将这十五贯钱一垛儿堆在他脚后边,拽上门,借朱三老家住了一宵,今早自去爹娘家里说知。临去之时,也曾央朱三老对我丈夫说,既然有了主儿,便同到我爹娘家里来交割。却不知因甚杀死在此?"那大娘子道:"可又来!我的父亲昨日明明把十五贯钱与他驮来作本,养赡妻小,他岂有哄你说是典来身价之理?这是你两日因独自在家,勾搭上了人;又见家中好生不济,无心守耐;又见了十五贯钱,一时见财起意,杀死丈夫,劫了钱。又使见识,往邻舍家借宿一夜,却与汉子通同计较,一处逃走。现今你跟着一个男子同走,却有何理说,抵赖得过!"众人齐声道:"大娘子之言,甚是有理。"又对那后生道:"后生,你却如何与小娘子谋杀亲夫?却暗暗约定在僻静处等候,一同去逃奔他方,却是如何计结?"那人道:"小人自姓崔,名宁,与那小娘子无半面之识。小人昨晚入城,卖得几贯丝钱在这里,因路上遇见小娘子,小人偶然问起往哪里去的,却独自一个行走。小娘子说起是与小人同路,以此作伴同行,却不知前后因依。"众人那里肯听他分说,搜索他搭膊中,恰好是十五贯钱,一文也不多,一文也不少。众人齐发起喊来道:"是天网恢恢,疏而不漏。你却与小娘子杀了人,拐了钱财,盗了妇女,同往他乡,却连累我地方邻里打没头官司!"当下大娘子结扭了小娘子,王老员外结扭了崔宁,四邻舍都是证见,一哄都入临安府中来。

——《错斩崔宁》

杨三官人到这岳庙烧香,参拜了献台上社司部署。众社官都在献台上,社司道:"李贵今年没对。"李贵道:"唱三个喏与东岳圣帝,谢菩萨保护。"觑着本社官唱一个喏,道:"李贵今年无对,明年不上山。不是李贵怕了不上山,及至上山又没对头，白拿这利物，惶恐！惶恐！"又一个唱喏与上山下山的社官。唱喏了，那李贵遂回头勒那两军使棒："谁敢与爷爷做对？"众人不敢则声。那使棒的三上五落。李贵道："你们不敢与我使棒，这利物属我。"李贵道："我如今去拿了利物。"

那献台上，人丛里，喝一声道："且住！且住！这利物不属你！"李贵吃了一惊，抬起头一看，却是一个承局出来道："我是西京杨承局，来这里烧香，特地来看使棒。你却共社官厮说要白拿这利物。你若赢得我，这利物属你；你输与我，我便拿这利物去。我要和你放对，使一合棒，你敢也不敢？"李贵道："使棒各自闻名，西京那有杨承局会使棒？"部署道："你要使棒，没人央考你，休絮！休絮！"社司读社毕，部署在中间间棒。

这承局便是杨三官人，共部署马都头曾使棒，则瞒了李贵。李贵道："教他出来！"杨三官把一条棒，李贵把一条棒，两个放对使一合。杨三是行家，使棒的叫做腾倒，见了冷破，再使一合。那杨承局一棒劈头便打下来，唤做大捷。李贵使一扛隔，杨官人棒待落，却不打头，入一步则半步一棒，望小腿上打着，李贵叫一声，辟然倒地。正是：

好鸡无两对，快马只一鞭。

李贵输了，杨温就那献台上说了四句诗，道是：

天下未尝无敌手，强中犹自有强人。

霸王尚有乌江难，李贵今朝折了名。

——《杨温拦路虎传》

当下王观察先前只有五分烦恼，听得这篇言语，句句说得有道理，更添上十分烦恼。只见那冉贵不慌不忙，对观察道："观察且休要输了锐气。料他也只是一个人，没有三头六臂，只要寻他些破绽出来，便有分晓。"即将这皮靴番来覆去，不落手看了一回。众人都笑起来，说道："冉大，又来了，这只靴又不是一件稀奇作怪、眼中少见的东西,止无过皮儿染皂的,线儿扣缝的,蓝布吊里的,加上楦头,喷口水儿,弄得紧棚棚好看的。"冉贵却也不来兜揽,向灯下细细看那靴时,却是四条缝,缝得甚是紧密。看至靴尖,那一条缝略有些走线。冉贵偶然将小指头拨一拨,拨断了两股线,那皮就有些撬起来。向那灯下照里面时,却是蓝布托里。仔细一看,只见蓝布上有一条白纸条儿,便伸两个指头进去一扯,扯出纸条。仔细看时,不看时万事全休,看了时,却如半夜里拾金宝的一般。那王观察一见也便喜从天降,笑逐颜开。众人争上前看时,那纸条上面却写着:"宣和三年三月五日铺户任一郎造。"观察对冉大道:"今岁是宣和四年。眼见得做这靴时,不上二年光景。只捉了任一郎,这事便有七分。"冉贵道:"如今且不要惊了他。待到天明,着两个人去,只说大尹叫他做生活,将来一索捆番,不怕他不招。"观察道:"道你终是有些见识!"

当下众人吃了一夜酒,一个也不敢散。看看天晓,飞也似差两个人捉任一郎。不消两个时辰,将任一郎赚到使臣房里,番转了面皮,一索捆番。"这厮大胆,做得好事!"把那任一郎吓了一跳,告道:"有事便好好说。却是我得何罪,便来捆我?"王观察道:"还有甚说! 这靴儿可不是你店中出来的?"任一郎接着靴,仔细看了一看,告观察:"这靴儿委是男女做的。却有一个缘故:我家开下铺时,或是官员府中定制的,或是使客往来带出去的,家里都有一本坐簿,上面明写着某年某月某府中差某干办来定制做造。就是皮靴里面,也有一条纸条儿,字号与坐簿上一般的。观察不信,只消割开这靴,取出纸条儿来看,便知端的。"王观察见他说着海底眼,便道:"这厮老实,放了他好好与他讲。"当下放了任一郎,便道:"一郎休怪,这是上司差遣,不得不如此。"就将纸条儿与他看。任一郎看了道:"观察,不打紧。休说是一两年间做的,

67

就是四五年前做的，坐薄还在家中，却着人同去取来对看，便有分晓。"当时又差两个人，跟了任一郎，脚不点地，到家中取了簿子，到得使臣房里。王观察亲自从头检看，看至三年三月五日，与纸条儿上字号对照相同。看时，吃了一惊，做声不得。却是蔡太师府中张干办来定制的。王观察便带了任一郎，取了皂靴，执了坐簿，火速到府厅回话。此是大尹立等的勾当，即便出至公堂。王观察将上项事说了一遍，又将簿子呈上，将这纸条儿亲自与大尹对照相同。大尹吃了一惊："原来如此。"当下半疑不信，沉吟了一会，开口道："恁地时，不干任一郎事，且放他去。"任一郎磕头谢了自去。大尹又唤转来分付道："放便放你，却不许说向外人知道。有人问你时，只把闲话支吾开去，你可小心记着！"任一郎答应道："小人理会得。"欢天喜地的去了。

——《勘靴儿》

"四大奇书"

　　明代是白话长篇章回小说的形成发展时期,产生了《三国演义》《水浒传》《西游记》《金瓶梅》这四部经典名著。这四部小说风靡于明代中后期,而与传统的文学作品——诗词散文相比,内容、样式、风格皆大不相同,于是当时的批评家们纷纷啧啧称"奇"。入清以后,李笠翁讲过这样一番话:"昔弇州先生有宇宙四大奇书之目,曰《史记》也,《南华》也,《水浒》与《西厢》也。冯梦龙亦有四大奇书之目,曰《三国》也,《水浒》也,《西游》与《金瓶梅》也。"大意是说,最早用"奇书"来评论文学作品(包括小说《水浒传》)的是王世贞,而冯梦龙把他的观点改造了,纯粹用来评论、赞誉通俗小说。从此,就有了"四大奇书"的说法,并产生了广远的影响。

　　明代近三百年的时段里,文人写作的诗文虽以万计,但论及当时流行的程度,特别是对后世的影响,却远不及这四部通俗小说。"四大奇书"称其为"奇",原因还可以从两方面来看:第一,它们本身的艺术成就是巨大的,令人叹为观止;第二,它们各自引领了某一类型小说的创作潮流与倾向,但后起者却鲜能超越它们的成就与地位。

"演义"之巅《三国》

《三国演义》是我国古代白话长篇小说的开山之作，它的出现，既引领了章回体小说创作时代的到来，也开创了中国古代小说中把历史史实通俗化、小说化的新潮流，也即历史演义的创作潮流。后世历史小说虽然数量众多，但无能出其右者，它是我国古代历史演义小说的巅峰之作。

一

《三国演义》问世之前，关于三国的历史文献、民间故事以及说唱文艺作品已经积累得很多，经过长期的演变发展，最终形成这么一部"水到渠成"的名作。所以，讲《三国演义》之前，首先我们必须面对的是它的成书问题。只有了解了这些基础性的知识，才能更好地把握、领悟它的主旨内涵与艺术成就。那么,它的成书过程是怎样的呢?

　　首先是关于三国史事的历史文献资料。陈寿《三国志》与裴松之作的注都非常重要,这是最早记载三国历史的书,它们是《三国演义》成书的基础,为《三国演义》提供了基本的人物原型和史事框架。特别要指出的是裴松之的注,他的注保存了大量的三国史料,从而使陈书中的三国故事变得更加有血有肉。此外,范晔的《后汉书》、刘义庆的《世说新语》以及裴启的《语林》等杂史、笔记小说中也记载了一些三国的故事,它们也不同程度影响了《三国演义》的成书。

　　到了宋代,司马光的《资治通鉴》以时间为序,按照编年体的形式重新组织了三国故事。这对《三国演义》的成书也很重要。而朱熹的《通鉴纲目》则把三国中重要的事情提要出来,它与司马光的《资治通鉴》相比还有一个根本性的改变。司马光《资治通鉴》是以魏国的纪年来编排历史史实的,是以曹魏为正统,以蜀汉为附庸,他对三国史实的基本评价,是帝魏寇蜀,也就是立场站到曹魏一边。而朱熹的《通鉴纲目》刚好相反,奉蜀汉为正统,它是以蜀国的纪年来叙述事件的经过,立场站在蜀汉一方。这么一转,给《三国演义》提供了一个新的叙述视角。可以说,在《三国演义》之前,已经有很多的史料在积累,同时还有不同的书写框架,这些都给小说的创作者准备了肥沃的土壤。

　　除了上述记载的相关材料外,民间不断流传的三国故事,也为《三国演义》提供了丰富的素材。如旧题唐颜师古撰的《大业拾遗记》中记载,隋炀帝观看水上杂戏,其中就有"曹瞒浴谯水,击水蛟""刘备乘马度檀溪"等有关三国故事的名目。唐代开元年间的佛教典籍《四分律行事钞批》中还记载了"死诸葛亮怖生仲达"的传说。此外,李商隐《骄儿诗》中有"或谑张飞胡,或笑邓艾吃"诗,说明到晚唐,连儿童都已经非常熟悉三国故事了。

到了宋代,三国故事更是在民间的说唱文艺中广为流传。在北宋的说话艺术中出现了专门讲说三国故事的科目和艺人,如当时的说话艺人霍四究就是以"说三分"见长的。金元时期,以三国故事为题材的戏剧空前活跃。根据文献记载,在元代及元末明初时期,有关三国的杂剧剧目就有六十种之多,现存的也有二十一种,比如《虎牢关三英战吕布》《关大王单刀赴会》《隔江斗志连环计》等等,尤其我们所熟知的关汉卿的《单刀赴会》,更是一时名作。

此外,值得特别注意的是,刊于元代英宗至治年间的讲史话本《三国志平话》,虽然文字粗糙简陋,但其中大的故事脉络和现在所见的《三国演义》已经相差无几了。

不过,虽然有了丰厚的材料基础,有了三足鼎立故事的发展腾挪空间,《三国演义》能够成为一本伟大的传世之作,还与一个天才的作者有着密切的关系。这个人就是罗贯中。

隆中对

　　一般而言，罗贯中创作《三国演义》是没有争议的。但是，对罗贯中也有不少疑问，有些还是学术界争论的热点。比如，他是何方神圣？他的写作动机是什么？

　　对于第一个问题，有说他是山东东原的，有说是山西太原的，还有说是杭州的。其实这个问题原本不是很重要，因为作者籍贯对读者理解文本没什么影响。但是现在除了学术原因之外，经济利益也掺杂到籍贯研究之中了，旅游、知名度，使得历史人物成了各地行政长官的香饽饽。至于第二个问题，对于深入理解作品倒是有些关系。不过，现有材料很少，明代王圻《稗史汇编》中说他是个"有志图王"者，也就是说罗贯中本人曾有过当"草头王"的梦想，但似乎遇上了朱元璋，自知不敌，于是便转身著书去了。这个说法肯定是传说而已；但分析起来，很符合创作心理，也符合《三国演义》流露出的思想、情感、态度——《三国演义》灌注了作者大量的心血和谋略，特别是在诸葛亮形象上，寄托了千百年来自负才略的下层读书人"帝王师"的梦想。这则资料非常具有参考价值，可惜只是孤证。

　　《三国演义》在明代前期主要以抄本的形式流传，现存最早刊本是明代正德、嘉靖之间的《三国志通俗演义》。此本二十四卷，二百四十则，每则标题为七言的单句。万历年间刊本《李卓吾先生批评三国志》，将二百四十则合为一百二十回。清代康熙年间，毛纶、毛宗岗父子对小说的回目和正文都作了较大修改，并加上了自己的评论，名之曰"第一才子书"。"毛本"一出，它本皆废，"毛本"《三国演义》成了后世最流行的三国版本。

二

　　由上述成书过程可以看出，《三国演义》是一部典型的

"世代累积型"小说。它成书的过程,就是各种文化成分不断交融、整合的过程。作者广泛吸收了来自雅、俗两个不同层面的材料,按照自己的主体认识、价值观念和艺术好恶加以扭合,因此,既有总结历史经验教训的明显动机,又选取了典型的民间角度,使小说带有较浓的大众文化色彩。

《三国演义》根据三国历史史实而演义,叙述了从东汉末年到西晋初年百余年间的历史,艺术地再现了这段时期的政治军事斗争。作品的叙事角度主要是在刘备一方,也就是说作者是站在刘蜀的立场上来审视这段历史的,"拥刘反曹"是小说最明显的感情取向。小说着重描写的是蜀、魏两大集团的矛盾斗争,而刘备一方始终被放在正统地位,对刘备集团的主要人物,作者都给予正面的、充分的展示,特别是对仁君贤相的代表人物刘备、诸葛亮,忠义的化身关羽,骁勇的战将张飞、赵云、马超等,作者都不惜笔墨,作了精心的刻画,使他们成为家喻户晓的艺术形象。相对而言,魏、吴集团的谋士、将军们则因没有太多的露面机会而黯然失色。

从叙事时间的安排来看,作者的倾向性也十分明显,全书一百二十回,时间跨度九十七年,其中关于刘蜀集团的叙述占了九十多回,而且,从桃园结义到诸葛亮病逝五丈原,共五十一年的历史用了一百〇四回的篇幅,其中诸葛亮从出山到病逝,前后二十七年竟洋洋洒洒写了六十七回,而诸葛亮死后的四十六年历史,只写了十六回就草草结束了。小说把写作的重点放在前五十年,尤其是诸葛亮活跃在政治、军事舞台上的二十七年。全书的倾向性不言自明。

是以刘蜀集团为正统,还是以曹魏集团为正统,这是历来三国历史书写中争议最大的问题,不同时代、不同地位的人,对此问题都有不同的回答。面对史家或尊曹或尊刘的争执,面对民间比较一致的拥刘反曹倾向,罗贯中按自己的标准做出了判断和抉择:用政治的天平来衡量时,他肯定了魏、蜀、吴三国在争取人心、重视人才方面,各有其正确的战略和策略;但当作者用道德的标准来衡量时,天平就明显地倾向于刘备一方。小说中反复强调:"天下者,非一人之天下,乃天下人之天下,惟有德者居之。"这就是罗贯中政治伦理思想的核心,而刘备就是"德"的代表。

从历史记载和民间传说看,刘备与曹操虽然都是雄踞一方的军阀,但刘备比较仁厚,曹操比较奸诈,刘备就有意识地高举"仁义"的旗帜与曹操抗衡,他曾对庞统说:"今与吾为水火者,曹操也。操以急,吾以宽;曹以暴,吾以仁;操以谲,吾以忠。每与操反,事乃可成耳。"从《三国志》和裴松之注看,刘备的劣迹不多,而且还留下了携民渡江、三顾茅庐等佳话。相反,曹操却有不少恶行,如"宁叫我负人,毋人负我"的自白,"割发代首""梦中杀人""借人头压军心"的诡计,为报父仇而杀人数万,"泗水为之不流"的暴行,等等。由此可见,"拥刘反曹"主要体现的是作者"善善恶恶"的伦理道德观念,带有明显的民间色彩与儒家明君仁政的社会理想。刘备是"中山靖王之后,汉景帝阁下玄孙",因此,人们常以为"拥刘反曹"是正统观念的表现,这一点无须否认,但也应该看到,正统思想不是主要的,作品中比刘备更正统的还有汉献帝、刘表、刘璋等人,而这些人就没有一点光彩,就连刘备的亲生儿子刘禅也是以一副不讨人喜欢的面孔出现的,可见,歌颂刘备主要还是因为他合乎作者自己关于仁君的标准。

与"拥刘反曹"倾向密切相关的是小说中的"忠义"观念。在小说的第一回,作者就开宗明义、大写特写了"桃园结义"这一情节,刘、关、张结义的誓词是:"同心协力,救困扶贫,上报国家,下安黎庶。"在这里,"上报国家"指"忠","同心协力"为"义",可以说,桃园结义的道德内容就是"忠义"。作者崇尚的是"忠"和"义"的完美结合。

然而,从小说的具体描写来看,作者更强调的是"义"。一般说来,"义"可以从两方面理解:一是统治者标榜的"义",它和"忠"连在一起,常被称为"春秋大义";二是民间推崇的知恩必报、哥们义气,也被称为"小义"。在《三国演义》中,关羽是"义"的代表,他的"义"是融二者为一体的。

首先,关羽的"义"突出表现在他与刘备的关系上。在"桃园结义"时,刘、关、张就立下誓言:"背义忘恩,天人共戮。"所以,虽然"屯土山关公约三事"之后,关羽受到了曹操非常优厚的礼遇,"封侯赐爵,三日一小宴,五日一大宴;上马一提金,下马一提银",而这一切都无法改变关羽对刘备的忠心和义气,在知道刘备下落后,关羽毅然"挂印封金",留下曹操的一切赏赐,千里走单骑,过五关斩六将,他以超人的气魄实现了"义不负心,忠不顾死"的诺言,一个富贵不能淫、威武不能屈的义士形象也就从此耸立在世人面前。

但是,关羽的"义"又有和"忠"矛盾处,这突出地表现在华容道"义释曹操"这件事上。此一情节,不仅深化了关羽重"义"的品格,而且也深化了"义"的主题。在关羽身上,"义"是高于一切的,曹操对关羽有恩,也可以说是关羽的一大知己,尤其是成全了他的忠义之志,因此,关羽明知军令在身,却甘冒杀头之险,弃盖世之功,置刘备的一统大业于不顾,放走了惶惶垂泪的曹操。这突出地表现了他为"义"而甘于牺牲自我的精神。毫无疑问,从政治斗争的角度看,释放曹操之举是原则性错误,但却是作者为塑造关羽这个性格复杂的"义绝"典型写下的最浓重的一笔。

在关羽身上,大义和小义、自我形象和对集团的责任心之间发生了激烈的冲突,人物性格也一定程度上出现了分裂,但从艺术上来看,这有利于展示人物复杂的性格,同时也更能体现作者的创作观念。

三

《三国演义》的成功有很多原因,而塑造出鲜活生动的人物形象应该是一个主要方面。如曹操、刘备、诸葛亮、关羽、张飞、周瑜、赵云等等,人数虽不多,但已经足以流传称颂于世。

《三国演义》虽然属于历史演义类小说,但其中的主要人物形象,却具有典型的英雄传奇特征。这主要表现在两方面:第一是作者善于在戏剧性很强的情节安排中塑造人物形象;第二是"超人"的形象塑造方式。所谓"超人",指的是他首先是个人,其次他又是一个"大一号"的人,也就是我们所说的"英雄"。在人物形象的具体描绘塑造中,由于作者对其"超人"的一面有所夸张,又由于对其性格进行了"扁平化"的处理,单单着重于某一两个方面来进行强调,所以它很容易给读者留下浮雕式的深刻印象。这在作者对关羽、诸葛亮形象塑造上表现得尤为突出明显。例如关羽"斩颜良、诛文丑"一节。

关云长

据《三国志》记载,颜良的确是关羽斩杀,至于诛文丑,则似乎是曹操和徐晃的功劳,没有关羽什么事。不过,在小说中,这一系列故事却发生了很大变化。

关羽未出战之前,猛将颜良已经连着斩了曹操两员大将,还把徐晃打败了。曹操无奈,只好把关羽请来。作者又接着营造了一种紧张的争战气氛,让曹操与关羽一块儿观看颜良一方的阵势,并让曹操当着关羽的面儿与张辽一唱一和说颜良的人马是如何的雄壮,颜良本人又是如何的英雄,让关羽不要掉以轻心,而这一切关羽都不放在眼里。颜良挑战,关羽奋然上马,倒提青龙刀,直冲对方阵营。手起刀落,把正在那里耀武扬威的颜良斩杀于马下。颜良连斩两员大将,又打败一员"超级战将",可谓勇猛,但是,"强中更有强中手",这样的猛将却被关羽轻而易举斩杀,那么,关羽又是猛将中的猛将了。作者正是在这富有戏剧性的故事情节的安排渲染中写出了关羽的神勇。除此外,"温酒斩华雄"一回,也是用了同样的笔法:先铺垫华雄是如何凶猛如何了得,然后关羽挺身而出,不费吹灰之力就把华雄脑袋砍下。这一段,在《三国志》中本是孙坚的功绩,作者却掠来送给了关羽,还渲染出"其酒尚温"如此富有神韵的一笔。同样,"诛文丑"本是曹操手下大将徐晃的功劳,作者也把它安在了关羽的身上,并且也是轻而易举就把文丑给斩杀了。

这样一来,把他人的"成绩"集中到某一形象身上——主要是关羽和诸葛亮,再加以适度的夸张,于是就树立起一个鹤立鸡群的超人形象。而超人形象正是传奇类叙事文学的核心内容。

不过,小说还从多个维度写了关羽的形象,特别是对他"义气"的描写,更使他获得了"义绝"的美誉。前面华容道一节已有论说,这里就不再絮说了。另一个维度是对他高傲的描写。如刚才所述斩颜良一节,关羽的高傲性格,以及容易被人所激的特点也被表露无遗。小说对关羽的性格缺点也多有着墨,如他曾反对刘备礼遇诸葛亮、曾和诸葛亮抬杠写下了军令状等等。对于关羽来说,他一面是神勇的"天神",

一面又是有着各种性格缺陷的凡人，如此合起来便是一位"超人"。

除关羽、诸葛亮外，刘备一方，张飞、赵云也比较出彩，但比起关、张二人，赵云这个人物形象就显得单薄很多。

正面的人物如此，"负面"的人物又如何呢？

曹操的形象在书中也是非常突出的，主要是描写了他的奸诈一面。

小说写曹操的奸诈多智有很多处，其中官渡之战许攸来归的那段文字最为传神。如果只看小说描写曹操迎接许攸的情况，曹操真有周公吐哺握发的风范气象，但是接下来的两人关于粮草多寡的对话却把读者的钦慕心理一扫而光。作者描写许攸故意不亮底牌，逗弄曹操表演；而曹操由于不知对方底牌，出于猜疑之心，步步设防。由于读者已预知粮草之事的底细，因而读起来便煞有"看戏"的感觉。对曹操而言，保守机密，有所警觉，本属自然，但步步设防，谎言迭出，就显出他奸诈的性格了。特别是与前文他"跣足出迎""抚掌欢笑""先拜于地"来迎接许攸的情景对照，一种讽刺的意味也就自然产生。此后，协助曹操攻陷了袁绍大本营的许攸恃功而骄，以为是曹操的故友，便言语无状起来。过冀州城门，竟然鞭指城门对曹操大喊："阿瞒，汝不得我，安得入此门！"作者写曹操听到许攸无礼之言后"操大笑"。当读者看到下文许攸被许褚杀死的情节，再回想这"操大笑"三个字，恐不免有不寒而栗的感觉。若再联系前面二人关于粮草的一番对话，就更看出了许攸的取死之道，而曹操可怕的奸雄面目也就随着故事的发展逐渐显现、清晰。与杀许攸类似的情节还有多处，如他与陈宫的恩怨，以及后来的杨修之死，都可以对照来读。由于具体情节并不相同，这些笔墨毫无重复之感，也很少有简单的"贴标签"的弊端。

另外,作者写曹操形象中豪杰的一面也同样生动而富有个性,如他识别人才厚待关羽这件事,又如赤壁大战时对他横槊赋诗的描写。尽管是一个反派人物,但形象饱满丰富,不失一代奸雄的超众身份。

正反面人物皆为"一世之雄",旗鼓相当,故事才生动;而他们相互激荡,使得彼此形象皆得以丰满充实。

当然,《三国演义》的人物塑造也有失败的地方。如刘备作为"枭雄"的性格、形象特点,在作品中基本没有表现出来。在很多地方,他只是一个一般意义的道德楷模而已。而且由于作者的"政治立场",魏、吴两个阵营里面的很多了不起的人才,也都没有用力来写,如张辽、吕蒙等。

《三国演义》得以广泛流传的另一个重要原因,就是它的独特的"智谋"描写。

《三国演义》的"智谋"主要表现在那些含有哲理性内容的军事心理学的描写上,约有以下三个方面:

首先是决策中的风险判断。决策是建立在风险判断之上的,而风险判断往往体现出决策者心理素质的特征。《三国演义》中写到不少关键性的战略决策,在一计兴邦、一计丧邦之际,既刻画出了决策者的性格、心理素质,也表现出作者的决策心理观。

如在官渡之战中,作者用对比的手法写了袁绍、曹操在决策中截然不同的表现。在战前,袁绍一方面不把曹操放在眼里,另一方面对关系存亡的伐曹之策却彷徨无定;而曹操则一开始就定下决战决胜的大计。两军对垒于官渡之后,七万曹军对抗七十万袁军,形势很危殆。曹操采取了荀彧的建议,决定以奇制胜。结果曹操大获全胜,奠定了曹魏政权的基础。实际上,这个计划风险度很大,正如荀彧所讲:"若不能制,必为所乘。"所以是奇计而非正计。与此同时,如果袁绍采纳了许攸的计谋,虽无十分把握,但成功率也很高,而且一旦成功,曹操将一败涂地。但是袁绍对此充耳不闻,以致坐失战机。两相比较,袁绍的决策心理是常人类型的,即趋利的保守型。这与全书中袁绍"庸碌"的性格基调是一致的。曹操的心理则属于冒险型的,或称进取型,也和他的一代"奸雄"形象相合。而把二者决策心理放到一起,对比写来,从中也可以看出作者的决策心理观:"色厉胆薄,好谋无断;干大事而惜身,见小利而忘命:非英雄也。"(第二十一回)

另外,诸葛亮六出祁山北伐中原的战略也隐含着风险判断的意味在内。

其次是决策中的反推作用。反推,是作战决策中的重要心理活动。它主要指作战双方都把敌我放到想象的战场之上,既料敌,也料敌之料我,并在此基础上进行决策。

如华容道一节。赤壁鏖兵的决战前夕,诸葛亮分派诸将截杀曹兵,最后授计关羽,让他在华容小道上堆柴放烟引诱曹兵。关羽认为如此一来,曹操便知道有埋伏,不会往小道上来。诸葛亮便用反推的道理告诉关羽曹操必由小路撤逃的推断缘由。结果正如诸葛亮所料,曹操推测小路冒烟是诸葛亮用的虚实之计,遂由华容小道撤退,终究落入了诸葛亮的圈套,从而演出了关云长义释曹操这极富人情味的一幕戏。

这是典型的反推战例。大路平静,小路烟起,一方要选择逃路,一方要选择设伏点,若两方都未曾料敌设谋,则自然是大路安全小路危险。此时没有反推过程,心理学称为零级反推。曹操根据兵法常规对敌人意图做了分析,得出了"虚则实之,实则虚之"的结论。他把敌手设想为和自己具有同等兵法修养的人,这是反推,但比较简单,只是"我料敌",称为一级反推。而诸葛亮则是"我料敌必如此料我",从而"虚则虚之,实则实之",他的反推多了一层,称为二级反推。在敌我双方的反推较量中,高级胜低级,诸葛亮心多一窍,故胜券在握。

另一次精彩的反推较量是空城计,但情节曲折变幻,反推较量的多次反复则又超过华容道。

第三是精密入微的伐交心战,也就是"离间计"。

《三国演义》中最巧妙的伐交心战是曹操抹书间韩遂。韩遂、马超联兵反曹,大小数战之后,战局开始不利于韩、马,曹操将要发动致命一击。为确保彻底胜利,曹操在决战前夕设计了一个巧妙的反间计:先是在阵前与韩遂单独会见,"只把旧事细说,并不提起军情",从而使马超"心甚疑,不言而退"。然后又亲作一书与韩遂,中多涂抹、含混处,马超见到越发疑心。最后又使曹洪当面指实,使韩遂无以置辩,终于与马超反目。而曹操乘其内哄一击成功。这件事见于《三国志》,不是小说作者心营意造。但作者的艺术加工使本来仅有七八十字的简短记载成为复杂生动的心战战例,不仅使故事更生动、丰富,而且使这一计谋更加微妙精致,更富成效,使读者至此深叹阿瞒心机之深、计谋之诡。

人们熟知的蒋干盗书也属此类。蒋干本是曹操说降周瑜的"间谍",周瑜佯做不防,使其窃伪书回报,骗得曹操杀了蔡瑁、张允。罗贯中在编造这一戏剧性情节时,准确地抓住了这类反间计的关键:佯做不知对方身份,利用敌人潜在嫌隙。作品中描写周瑜伪作疏狂之态,假装酗醉,又佯作警觉,皆花费了很多笔墨,用生动丰满的形象把这一伐交战例表现得淋漓尽致。

总之,《三国演义》既是一部历史小说,又是中华民族几千年政治、军事斗争智慧的结晶,人们不仅可以从文学角度去欣赏,从中获得艺术美的享受,也可以从军事学、政治学、外交学等方面去获取知识,得到借鉴。

"传奇"千古《水浒》

《水浒传》是从宋代的说话艺术"说朴刀""说杆棒""说铁骑儿"演化而来,它的主要特色是写英雄人物的传奇故事。它开创、引领了后世英雄传奇小说的创作潮流,后世英雄传奇小说虽多,但无能出其右者。

一

和《三国演义》一样,《水浒传》的出现,并非由某一作家向壁虚构、横空出世,而是经历了长时期的民间演化和复杂的聚合累积过程。

《水浒传》讲述的是一群江湖好汉具有浓烈传奇色彩的人生故事。这个传奇是有历史渊源的。

记载《水浒传》真实历史背景的,最重要的文献依据是《宋史》。《宋史》中涉及"宋江"的有三条记载。第一条是《宋史·徽宗本纪》里写有"淮南盗宋江",说他主要活跃在淮南一带。最后宋江的结局是"张叔夜招讨之"。第二条是在《宋史·侯蒙传》中,记侯蒙主张招安宋江,让他去打方腊:"宋江寇京东,蒙上书言,江以三十六人横行齐魏,官军数万,无敢抗者,其才必过人,今青溪盗起,不若赦江使讨方腊以自赎。"意思是宋江以三十六人这么小的团伙,却能"横行齐魏"——今山东、河北以及山西一带,可见其战斗力不俗,应设法使其为我所用。另一条是《宋史·张叔夜传》,其中写道"宋江起河朔,转掠十郡",最后是张叔夜设下埋伏,把宋江逃跑用的船烧掉,"擒其副贼,江乃降"。

《宋史》里写的是"三十六人横行齐魏",说明他们是非常小的团伙,可到了元杂剧里就变成了三十六伙,后来又成了"三十六大伙,七十二小伙",最后就变成了三十六天罡星、七十二地煞星,统领着数万大军——在文学中,由历史而传奇的变化之大令人吃惊。

更有趣的是梁山的真实面目。现在的梁山只是几个小山包,最高的山峰叫做虎头峰,周围有七个小山峰环抱。虎头峰海拔最高,也只有 197.9 米。若从地平面算起,就更可怜了。而且山峰周围并没有什么水泊。

还有就是历史上那个"真"宋江是什么样的人呢？元陈泰《所安集》言宋江为人"勇悍狂侠"。《宋史·侯蒙传》里说"江以三十六人横行齐魏,官军数万,无敢抗者",合而观之,宋江应是一个勇武过人、冲锋陷阵、一往无前的"武林"领袖。但是《水浒传》中的宋江形象完全与此不同——又黑又矮,临敌只会"下拜"。

这一变化过程是怎样发生的呢？

我们知道,南宋时,宋江等人的故事已经开始流传。到了元代,宋江等人的故事进一步从零散走向集中。一方面,说书场上出现了中长篇的话本《大宋宣和遗事》,"水浒"故事包括在其中。《水浒传》的故事构架已雏形浮现。另一方面,元明杂剧里面也出现了许多"水浒"戏。杂剧里出场最多、最"有戏"的人物有两个,一个是李逵,另一个是燕青。但是当时的"水浒"故事和如今的《水浒传》还是相差较远。如《争报恩三虎下山》中主要讲述了关胜、花荣以及徐宁三人报恩的故事,但是这三个人在剧里的形象和《水浒传》中叱咤风云的好汉形象大相径庭(这个故事被改编后成为台湾热播连续剧《雪娘》,却也始料未及)。其他角色如鲁智深等都和现在我们熟悉的好汉形象差别很大。但是可以肯定的是,元代时水浒大多数好汉的故事已经广为流传。

《水浒传》的成书过程相当复杂，很多具体环节仍不清楚。但该书经过长期演化而成，很多人加入到了创作的过程中，从自己的角度，提供素材，这应属不争的事实。那么，《水浒传》最后的写定者究竟是谁呢？

《水浒传》的作者至今仍是学界的一个热点。第一，大家不能肯定它的作者究竟是谁；第二，大家也不能完全肯定它是什么时候写定的，又是为何而写的。

明朝中期到清初出版的《水浒传》，作者署名五花八门。有题"罗贯中"的，有题"施耐庵的本，罗贯中编次"的，有题"施耐庵编辑"的，有题"施耐庵集撰，罗贯中纂修"的，等等（参见孙楷第《中国通俗小说书目》）。由此生发，还出了个传说：罗贯中和施耐庵是师徒关系，两人合作写了《水浒传》——罗贯中先写了一个初稿，施耐庵再加以改定。而明末的金圣叹则反过来，说施耐庵独撰了《水浒传》，罗贯中"狗尾续貂"，续写了"招安"及以后部分。

总而言之，《水浒传》的作者是谁，仍然是学界的一个难点话题。

《水浒传》这部小说包含了相当丰富的内容。前四分之三的故事大体来讲有四个类型：第一，是官逼民反，以林冲的故事最为典型，其他如解珍解宝的故事、柴进的故事等也都属于此类。第二，是行侠仗义、锄强扶弱，以鲁智深的故事最为典型，武松的故事也基本可算作此类。第三，是打家劫舍，以及劫富济贫，以三打祝家庄最为典型——虽然近年颇有人质疑其"济贫"的诚意与力度，但大体还是说得过去的。至于大破曾头市，就只有打家劫舍，全无劫富济贫了。第四，是武力抗拒官府，既包括攻城池、劫法场、劫牢狱，也包括摆开阵势的武装对决。可以说这四个方面是《水浒传》最主要的内容,其他的都较为次要了。

而这四个方面的交集之处,就是全书的核心内容——以武力实现体制外的"正义":

第一,他们是力图实现"正义"的。如果没有这一条,《水浒传》就没有灵魂了,也不会被大家广泛地喜爱。追求什么正义呢?体制外的"正义"。那帮梁山好汉认为现行的政府不能保证正义得到充分的实现,因此试图通过体制外的手段来实现。但是这个目的的实现主要是依靠武力。在体制外,通过各种手段(主要是武力)来实现自己心目中的"正义",这是《水浒传》的核心。这种正义也可以称之为"民间正义"。

"民间正义"在中国是有传统的。它既有存在的理由,也有内在无法消逝的悖论。

"民间正义"在思想上的源头是战国时的墨家。墨家的思想里面有很强烈的民间正义色彩,比如"摩顶放踵,以利天下",意思是即使从头顶到脚跟都擦伤了,只要对大众有利,也心甘情愿地去做;比如"赴汤蹈刃,死不旋踵",意思是说碰到了危险,仍然勇往直前,绝对不肯倒退。所以吕思勉先生在《先秦学术概论》里说:"墨之徒党,多为侠以武犯禁。"以武犯禁是韩非子的话——"侠以武犯禁",吕先生明确把它与墨家联系起来了。冯友兰在《原儒墨》中也讨论了侠与墨的关系。儒是站在体制内的立场来维护体制内的"正义",而墨是站在民间的立场上维护体制外的"正义"。因为墨家是站在体制之外的,不可避免会和体制发生冲突,所以到了汉代以后,官方就不再允许在统治的间隙里有另外一种强劲的势力存在。随着"罢黜百家,独尊儒术",墨家就慢慢地转入了地下活动。但是它的张扬"民间正义"的精神仍然在传承着,接替这种思想的一个重要载体就是《史记》。

《史记》对"民间正义"的张扬起到了推波助澜的作用,最主要的表现就是《游侠列传》和《刺客列传》。司马迁还解释了为什么会有"侠"的出现。他说:"且缓急人之所时有也"(谁都避免不了一些突如其来的灾祸和困难),"此皆学士所谓'有道仁人'也,犹然遭此灾"(这都是些道德修养很好的人,尚且避免不了飞来横祸),"况以中材而涉乱世之末流乎?其遇害何可胜道哉!"(何况一个一般的人碰到了不好的世道,他可能遇到的灾祸哪里能数得清呀)因此他对于民间的正义机制充满了渴望。司马迁对这种挺身而出、救助他人的行为有一个简练的概括:"言必信,行必果,己诺必承,不爱其躯,赴士之厄困,羞乏其德。"首先是一诺千金,二是救助他人不考虑自己的生死,三是施恩不图报。这一概括,几乎成为后世所有描写"侠义"行为共同的尺度和角度。

我们说,四部分内容"交集"于"武力实现体制外的正义",里面还包含着两重隐义。一是"正义"之外,也有边缘部分。如劫富济贫往往连带着打家劫舍,甚而至于谋财害命,其间的联系是必然的,而界限却是模糊的;又如逼上梁山自然连带着快意恩仇,但这与报复"过度",乃至于嗜血残杀又往往难以清晰"切割"。二是何谓"正义"?这是个更为复杂的理论问题,我们不可能在这里专题讨论。我们只想指出:如同"异端"在很大程度上是一种标定一样,"正义"也带有时代、阶层的相对性,因此,《水浒传》的"正义"只能说是作者为书中"正面"人物设定的,而由于这些人物多处于被侮辱、被损害境地,激发了读者的同情(开端连续描写王进、金翠莲、林冲等,就为全书定下了感情基调),便也自然而然地认同了作者对"正义"的设定。

二

《水浒传》很重要的一个价值在于它所塑造的栩栩如生

的人物形象。金圣叹在《第五才子书读法》里特别强调这一点。他说《水浒传》描写的好汉们,神态、语气、形象,在书中都有个性化的表现,如其他的书写性格鲁莽的人,写多少个都是一样的,而《水浒传》中的李逵、鲁智深、武松、石秀等,却是各不相同。这一点,他是别具只眼,讲得很中肯、到位。不过,要说《水浒传》的好汉形象全部个性化,还是略有夸张的。《水浒传》中真正性格鲜明、面目各异的人物也不过十来个而已。

其实,《水浒传》的作者被天罡、地煞的一百〇八之数所苦,鲁(智深)、林(冲)、宋(江)、武(松)、李(逵)的"列传"之外,作者为了凑足这个数目,不免匆匆忙忙地拉来一个又一个人物。不仅王定六、陶宗旺之类除却外号别无可言,即使地位崇高的卢俊义、关胜之类也是几无性格可言的。

《水浒传》写人与《三国演义》有较大分别。《三国》对人物的描写,是零零散散镶嵌在一个长的历史时段里。比如关羽的重头戏——温酒斩华雄、诛颜良文丑、过五关斩六将、华容道等,都是散落在各个"历史事件"中。而《水浒》中的几个主要人物——特别是上述五人,却是集中描写。其中最突出的是武松,连着十回都是武松,所以俗称"武十回"。宋江故事主要分为两段,后一段也是连着写了十回,故俗称也有叫"宋十回"的。这样写的好处是将主要人物刻画得更加生动、形象,缺陷是全书的有机性稍差,其他人物有时不免于"充数"。

一个现代人来看《水浒传》,可能最喜欢的人物是鲁智深。也许有人会说是武松。但是武松有一个问题,"快意恩仇过甚",拿现代术语来说是防卫过当。张都监惹了武松,武松把他全家十几口都给杀了。有时候还不辨是非。比如施恩这件事情,武松替施恩打了蒋门神,其实施恩和蒋门神之间就是两个黑道大哥的冲突。施恩的老爸是管营,就是典狱长,他作为恶少,霸占了快活林,对来往客商和各个商户都要收取保护费。蒋门神作为更大一些的官吏张都监的座上客,把施恩的生意给抢了。所以两人之间的矛盾纯属黑道内部纠纷,武松的卷入很大程度上是被施恩利用。鲁智深基本没有这一类问题。

《水浒传》中的鲁智深形象很可爱,第三回一出场时,"只见一个大汉,大踏步竟入,走进茶坊里来……生得面圆耳大,鼻直口方,腮边一部貉髭胡须,身长八尺,腰阔十围",活脱脱一副英雄形象。先是救助金翠莲,三拳打死恶霸镇关西;在桃花庄里,又暴打了强抢民女的小霸王周通。当我们读到这个胖大和尚躲在新娘的销金帐里的情节时,都会忍俊不禁。后来强盗头子李忠和周通被他折服,招待一番,又说要送些路费给他。可这两个人很小气,恰好山寨下有几个客商经过,便要下山去打劫,夺了他人钱财来送给鲁智深。接下来描写鲁智深也是十分有趣。他寻思道:"'这两个人好生悭吝!见放着有许多金银,却不送与俺;直等要去打劫得别人的,送与洒家!这个不是把官路当人情,只苦别人?洒家且教这厮吃俺一惊!'便唤这几个小喽罗近前来筛酒吃。方才吃得两盏,跳起身来,两拳打翻两个小喽罗,便解搭膊做一块儿捆了,口里都塞了些麻核桃;便取出包裹打开,没要紧的都撒了,只拿了桌上金银酒器,都踏扁了,拴在包里;胸前度牒袋内,藏了真长老的书信;挎了戒刀,提了禅杖,顶了衣包,便出寨来。到山后打一望时,都是险峻之处,却寻思道:'洒家从前山去时,一定吃那厮们撞见,不如就此间乱草处滚将下去。'先把戒刀和包裹拴了,望下丢落去;又把禅杖也撺落去;却把身望下只一滚,骨碌碌直滚到山脚边,并无伤损,跳将起来,寻了包裹,挎了戒刀,拿了禅杖,拽开脚手,取路便走。"这是个很小的细节,却是趣味横生。试想一个胖大和尚,抱着脑袋,一骨碌滚下山坡——不是为了逃命,也不是有什么正义、崇高的目的,只是带有几分恶作剧的率性所为——是何等奇特而有趣的情景。有几分童心,几分莽撞,几分急智,还有那么一点点幽默滑稽,在梁山众好汉里只有鲁智深做得出。于是,就有了这一个独特的"花和尚"。

鲁达醉意

当然,就文学意味来说,林冲的形象也是值得特别提出的。林冲的故事向来是舞台改编的热点,从李开先的《宝剑记》到昆曲《夜奔》,到平剧《逼上梁山》,演出了五百余年,可谓雅俗共赏。这与林冲形象的多重内涵相关。横祸临头,投诉无门;忍无可忍,无须再忍;怀才不遇,报国无门,等等,足以唤起社会底层被侮辱被损害的人们和社会中层乃至上层不得志者共同的心声——这是梁山其他人物所不具备的。

　　《水浒传》人物塑造如此成功,主要原因是作者很好地把握了英雄传奇这一文类刻画人物的特殊要求,就是写"超人"。"超人"的特点是"人"而"超"。什么意思呢?如前所说,首先他要是人。如《蜀山剑侠传》写了那么多剑侠英雄,但没有一个可以望《水浒传》鲁智深、武松、林冲、宋江之项背。因为它那种奇幻怪诞的想象离人们现实生活太远了(如果定位就是神魔,那另当别论)。所以要写"人"。但光是"人"也不合读者对英雄传奇的阅读期待,还必须是"超人"。《水浒传》的英雄们在体力、能力诸方面都"超"出常人一号。如武松,他完全是常人的生存状态,会喝醉酒被人痛打,也会生病打摆子,但写到他的本领,那就不是一般人能够相比的,如赤手空拳打虎,如单手提起四五百斤的石墩抛起一丈多高等。如鲁智深的禅杖,"庄客们那里提得动。智深接过来手里,一似捻灯草一般";他拔起垂杨柳后,众泼皮的赞颂尤能说明"超人"的魅力——"众泼皮见了一起拜倒在地,只叫:'师父非是凡人,正是真罗汉!身体无千万斤气力,如何拔得起!'"

三

　　《水浒传》之所以好看,另一个重要原因是它善于讲故事。

　　《水浒传》讲故事有两个突出的特点:一个是与性格塑造紧密结合,一个是非常强烈的戏剧性。性格塑造前面我们已经讲过,鲁智深也罢,林冲也罢,他们的生动形象无不与精彩的故事情节血肉相关,也正是各自不同的故事塑造出各自不同的形象——同是发配,野猪林的被折磨塑造出了林冲,飞云浦的反抗塑造出的便是武松。这一点前面讲过一些,这里就不多讲了。我们说一说它注重戏剧性的叙事技巧吧。

　　所谓戏剧性,首先表现在强烈而集中的冲突。即以浓墨重彩的"武十回"为例:八万字的篇幅,容纳了景阳岗打虎、峻拒潘金莲、斗杀西门庆、十字坡打店、醉打蒋门神、大闹飞云浦、血溅鸳鸯楼、白虎庄打孔亮等惊心动魄的矛盾冲突。每一次冲突都是波澜起伏,绝无一笔冗赘平淡。景阳岗打虎是千古名篇,自不待言。其他如醉打蒋门神。先是写武松刺配恩州,本该吃杀威棒,却突然被豁免,经同牢房的难友告知,似乎马上大难临头——讲到这里,疑云密布,悬念顿生。接下来,反常的待遇进一步强化悬念,直到施恩露面。然后是施恩第一次顾虑,担心武松的身体状况,"逼"出了武松天王堂耍石扬威一节;紧接着又有施恩第二次顾虑,"逼"出了武松沿途豪饮一节。这两节写得非常高明。通过施恩两次担心,反衬出蒋门神的非同小可,把读者对于"龙争虎斗"的期待充分激发起来。同时,武松的神威、豪气与争强好胜的个性,都得到了凸显。更重要的是,由于武松沿途的豪饮,再加上快活林中的一番搅闹,把武松与蒋门神的一场拳脚比拼渲染得摇曳多姿。至于两个人交手的情况反而不是那么重要了。作者用了大量笔墨把战前的"醉"态写得十足,等到真的开打,反而写得十分简洁:"蒋门神见了武松,心里先欺他醉,只顾赶将入来。说时迟,那时快,武松先把两个拳头去蒋门神脸上虚影一影,忽地转身便走。蒋门神大怒,抢将来,被武松一飞脚踢起,踢中蒋门神小腹上,双手按了,便蹲下去。武松一踅,踅将过来,那只右脚早踢起,直飞在蒋门神额角上,踢着正中,往后便倒。武松追入一步,踏住胸脯,提起这醋钵儿大小拳头,望蒋门神脸上便打 。"我国古代小说中,只有关羽单骑斩颜良一节与武松醉打蒋门神笔法相似,效果相类,堪称双璧。

　　其次是命运的突转。以野猪林为例。八十万禁军教头林冲被高俅陷害后刺配沧州。高俅及其帮凶又买通两个解差，一路上把林冲折磨得奄奄一息。到了野猪林这个杳无人烟的凶险去处，两个恶徒把林冲紧紧捆在树上，然后拿起水火棍，对着林冲细说要结果他的理由。林冲料想自己万无生还之理，所以把眼一闭，只能等死——此前遭受百般折磨，并无丝毫获救的端倪，所以连读者也蒙在鼓里，为林冲捏一把冷汗。作品在这里安排了典型的突转："说时迟，那时快，薛霸的棍恰举起来，只见松树背后，雷鸣也似一声，那条铁禅杖飞将来，把这水火棍一隔，丢去九霄云外，跳出一个胖大和尚来，喝道：'洒家在林子里听你多时！'两个公人看那和尚时，穿一领皂布直裰，挎一口戒刀，提着禅杖，轮起来打两个公人。林冲方才闪开眼看时，认得是鲁智深。"于是，鲁智深三两下便制服了两个公人，后面的路上，恶徒变成了被驱使喝斥的对象。林冲的命运由此开始转折，而故事也在此产生戏剧化的效果。

宋江的命运也是如此。在他亡命的过程中，屡次陷入绝境，然后突然救星出现。例如揭阳岭与揭阳镇，可谓是日遭三险。先是落脚黑店被催命判官麻翻，命悬一线之时，李俊偶然经过，救了一命。继而到揭阳镇，无意中得罪了穆氏兄弟，被追杀至大江边，后有追兵前无去路，忽然峰回路转出来了张横，摆脱了追兵。哪知却又上了贼船，茫茫大江之上，只有"吃馄饨"与"吃板刀面"的选择了："宋江和那两个公人抱做一块，恰待要跳水，只见江面上咿咿呀呀橹声响……宋江钻出船上来看时，星光明亮……那船头上立的大汉，正是混江龙李俊。"这种突转的戏剧性往往取决于主人公的遭遇、处境。《水浒传》时常把人物一步步"送"到绝境之中，然后突然出现生机。

关于《水浒传》的叙事，还有两个话题应该讲一讲。一个是所谓"列传体",一个是叙事的立场、态度与效果之关系。

先说"列传体"。这是《水浒传》结构上的一个特色,也是叙事的一个大格局问题,同时又产生了一些相应的叙事技法。和《三国演义》一样,《水浒传》也是在一个真实历史事件的基础上加以扩充和改编的(当然,所依据的史实之详略彼此相差较大)。若从叙事体例看,《三国演义》主要是从《资治通鉴》以及《通鉴纲目》中汲取营养,而《水浒传》主要学习的是《史记》。前者是所谓"编年体",后者则是"列传体"。具体讲,《水浒传》最先写的是史进的故事,一回半;然后写鲁达的故事,剃度出家后为鲁智深,四回半;接着转入林冲的故事,五回,等等。而最突出的是武松的故事、宋江的故事,各占十回篇幅(这是什么概念呢? 对于百回本来说,一个人就占了十分之一)。也就是说,它的结构方式是一个短篇接一个短篇,每个短篇可以看作一个人物的一篇"列传"。这样写的好处是集中写一个人物,可以很充分地刻画其个性。《水浒传》最精彩的部分就在几个"列传"部分。"列传"部分之后,"众虎同心归水泊",群雄聚在一起,却是只见热闹不见精彩了。但这种结构方式的问题也很突出。作为一部长篇小说,全书的有机性不够,从而导致长篇应有的恢弘魅力有相当的欠缺。假如我们把史进的故事拿掉,甚或是把鲁智深的故事、武松的故事拿掉,作品的精彩程度虽大打折扣,但几乎不影响其他部分的存在与演进。与此相关的是,小说实际上也没有贯穿始终的中心线索。

这也可以从三部电视连续剧的主线差异看出一些端倪。山东版《水浒》其实近乎无主线,它是先拍了《武松》等"列传"剧,分别播出后,又稍作加工连缀起来。连缀的线索,一是主题思想——官逼民反、见义勇为;二是少量交叉出现的人物。九六央视版则把"文革"评水浒的观点搬过来,从一开始就渲染"招安""报效朝廷",以致作品的豪放不羁的气魄大打折扣。新版则试图给草莽英雄更多反抗的理由,用这种强加进去的"正义"来做线索。而作为一部几十集的连续剧应有的连贯而曲折变化的情节脉络,三部都不能说是及格——但"此非战之罪也","水浒"提供的框架就是短篇连缀。

另外要指出的是,《水浒传》叙事语言与《三国演义》不同,它不再是"半文半白",而是相当"纯正"的白话了。《水浒传》作者正是以高超的驾驭能力,运用生动活泼的白话,刻画出各种出身、各种面目、各种性情的众多好汉,以及上至帝王、权臣,下至市井无赖、屠户、虔婆等各色人物,描绘了乡村、市井、歌楼、酒肆、牢狱、官衙、黑店、寺庙、山林乃至朝堂、战阵等不同场景,展现了广阔的社会生活,雄辩地证明了文学运用白话可以达到的巨大艺术成就。从这个意义上来说,《水浒传》无疑又可以看作是一座白话文学的里程碑。

"神魔"奇谈《西游记》

一

  与前两部名著一样,《西游记》的创作也并非是一人之力、一时之功写就,而是在一个真实的历史事件上,经过长期发展积累,最后由某位作家加工创造出来的。

  《西游记》取材于唐代僧人玄奘去印度取经的历史真事。这一故事,最早被记录在由玄奘口述、弟子辩机记录整理的《大唐西域记》中。这本书是部地地道道的"西游""记",记录了玄奘西行旅途的所见所闻,与今天的《西游记》关联很少。另外,玄奘的弟子慧立和彦悰还写了《大唐大慈恩寺三藏法师传》。这本书基本上是写实的,与《西域记》相比,故事性更强,而且有神异化的倾向。今本《西游记》(这里主要指明世德堂刊本)中"灭法国""女儿国"的故事,孙猴子石头化生、压入五行山下等情节,都可从《三藏法师传》中依稀看到一些影子。到了晚唐,在唐人所做的《独异志》《大唐新语》《开天传信记》等笔记小说中,玄奘的事迹被进一步夸饰、变形,其中《独异志》所述菩萨传授玄奘《多心经》一节,在今本《西游记》中被渲染放大后,成为贯穿全书的一条重要线索。

  大约在宋元时期,出现了白话说经话本《大唐三藏取经诗话》。此书中出现了猴行者,他幻化成白衣秀士,一路降妖除怪,保护玄奘西去取经。还有沙僧的雏形"深沙神",也在此书中出现。虽然整个故事写得比较简单粗糙,但已经初具"取经／魔障"的基本模式了。另外,宋元的戏剧表演艺术中，还出现了很多"西游"戏，如宋代南戏《陈光蕊江流和尚》，金院本《唐三藏》，元杂剧《唐三藏西天取经》、《二郎神锁齐天大圣》、《西游记杂剧》等等。需要注意的是，在杨景贤《西游记杂剧》中，"朱八戒"第一次出现在了取经故事当中。另外，在现存的一个元代瓷枕上还出现了玄奘骑白马师徒四人取经的图案。这些材料说明，在元代的时候，"西游"故事在民间已经有了广泛的传播，取经队伍的基本成员也渐趋定型了。

敢问路在何方

在经过了六七百年间的历史叙事和文学叙事的杂糅与通俗文艺的催化之后，约在元末明初之际，有一部篇幅较长的词话本或平话本《西游记》出现。此书现在已经亡佚看不到了，但是在《永乐大典》里还有部分佚文存留，是关于"魏征梦斩泾河龙"的一段文字。另外，与此大约同时的朝鲜李朝时期，有一本叫做《朴通事谚解》的书，多次提到这个本子，并且还抄录了里面的很多文字，如"车迟国斗圣"一段，说车迟国有个"伯眼大仙"，蛊惑国王兴道灭佛，与孙行者进行猜物、下油锅等诸般赌赛，最后被孙行者除灭，而国王也回心向佛。这与今本《西游记》的车迟国一段已经十分近似，只是"伯眼大仙"变成了"羊力""鹿力""虎力"三个妖仙。除此之外,在它的注解中还提到了西去途中遇到的各种险阻精怪,有很多精怪在今本《西游记》中仍然可以见到,如黄风怪、蜘蛛精、红孩儿怪等等。由此可见,"西游"的主要故事情节在当时已经基本完备了。

除了上述的累积演变过程外,还有一个重要的环节需要注意,这一环节与道教密切相关。在今本《西游记》中,有大量与道教相关的文字与术语,有的甚至还直接抄录了全真道士的著作,显然有道教人物染指过《西游记》,也可以说在《西游记》长期的演变过程中,存在着一个"全真化"的环节。

约在明代中叶的时候,有位文学天才关注到了积累起来的"西游"故事,开始对这些故事进行收集、整理,并在此基础上重新进行加工、创造,使故事情节更为生动有趣,人物形象也更加鲜明丰满,于是便有了我们今天读到的《西游记》。

那么,这个文学天才是谁呢?换言之,谁是今本《西游记》的写定者呢?从射阳山人吴承恩,华阳洞天主人、作序者陈元之,到大学士李春芳,候选者数人,答案却是迄今仍无定论。在研究专家的眼里,《西游记》的作者仍然是个悬而未决的问题。不过,一般认为吴承恩的可能性最大。

二

《西游记》问世之后,受到读者的广泛好评,至今仍然是广大读者所喜爱阅读的通俗小说读物,但是,对于它的创作主旨来说,几百年来,却是"仁者见仁,智者见智",没有定论。那么,怎么看待《西游记》全书的主旨呢?我们认为应该有以下三个层面。

《西游记》的第一属性是小说,是一部带有游戏性质的、充满了想象力与神奇色彩的通俗小说,很好读又很好玩儿,所以老少咸宜、妇孺皆知。这是首先应该肯定的。书中,无论是精灵古怪的孙悟空、好吃懒做的猪八戒,还是心慈耳软的唐玄奘,甚至那些不知其名姓为何的小妖小怪们,他们的一言一行,都会让读者发出轻松的微笑。那些形形色色的法物宝器,那些层出不穷的神魔斗法,光怪陆离,变化万端,实在令人眼花缭乱。而西行途中所遇的那些充满异域风情的神奇国度与奇幻景色,以及仙雾缭绕的海岛仙山与天庭龙宫,还有宝相庄严的极乐世界,均为读者带来了神幻奇绝的审美感受,大大满足了读者尚奇好幻的阅读期待。在作者精心构筑的这个神奇的魔幻世界中,读者无不为之心驰神往。作品到处都洋溢着这种天真的幽默和奇幻的想象,这使小说文本既符合大众阶层文化娱乐的需要,也满足了读者对于彼岸世界的质朴猜想。

第二个层面,它还反映了一定的社会现实。也就是说,在这些神奇、魔幻的想象内,轻松、快乐的故事中,《西游记》还表现出了一种强烈的入世情怀,是是非非,爱憎分明。如孙悟空形象的设置转变。在明代以前的取经故事中,孙悟空也曾是下界妖魔中的一员,也曾强掳金鼎国女子为妻,在与二郎神的争斗中,还曾低声下气向二郎神求饶过,形象并不光彩。但在《西游记》中,他成了上天入地,扫荡群魔,敢与天公试比高的齐天大圣。摇身一变,由妖魔而为英雄,并且成为取经故事的主人公。这一形象的塑造与其角色地位的转换决非作者的心血来潮,而是在一定程度上折射出了作者的人生理想——"吾愿英雄起,挥棒摧妖氛"! 在小说中,作者所塑造的神仙、妖魔很多都浸润着鲜明的时代特征。如乌鸡国降妖数回中,狮猁怪化身的道人骗取了国王的信任,把国王推到井中害死,自己却篡夺王位,变作国王的模样称王称圣。在车迟国斗法中,由虎、鹿、羊三个妖怪变成的三位道人,瞒上欺下,残害和尚,无恶不作。比丘国,由白鹿变幻的道士向国王进贡美女,致使国王身体羸弱,除此外,还蛊惑国王用小儿心肝做药引,可谓天良丧尽。很显然,从这些妖道身上,我们可以看到明代嘉靖朝邵元节、陶仲文诸位道士的影子。而当读者读到比丘国王以小儿心肝作药引,阿难、伽叶向取经众僧索要"人事",以及那些菩萨佛祖与众位仙人天官的侍童、坐骑下凡肆虐时,联想到明代社会现实的种种黑暗,也就不难品味出作品文字背后的锋芒所向了。这又何尝不是明朝昏君奸臣的投影呢?号为斗战胜佛的孙悟空,一路降妖除怪、惩恶扬善,这也正是小说的社会价值取向所在。这两个层面是小说的基础性内涵。

第三个层面,它又有一定的哲理意蕴在内,它是一部有佛道内涵的特殊的小说。就显在的层面来说,唐僧师徒五众为了一个崇高神圣的目标而西天取经,途中历尽艰难险阻,最后到达目的地,并求得真经而还。而五众自己经此过程也脱胎换骨。五众经历千难万险,百折不挠,最后达到了神圣的目标,这一层所蕴含的内在旨意,细细体会,不难领悟,也会从中受到一些启发。

至于佛道宗教层面的哲理寓意,这个比较复杂。我们看到,《西游记》中引用了大量的宗教性文字,特别是一些与道教相关的术语,从而使小说带有浓厚的宗教色彩。不过,这些宗教性文字在文本中的关系并不十分明确,所以,如果一定要按照某种特定的宗教思想去解读的话,不免有穿凿附会之嫌。

从大的方面看,小说中的宗教性术语可分为两类:一类是"心猿意马"象喻系统,它以"心"为核心;一类是道教的内丹养炼象喻系统,它以"金公、木母、黄婆"为核心。

先看第一类:"心猿"本出于佛典,以猿猴比喻放纵不羁的心灵。"心猿"作为一个文化符号在中国文化中很早就定型下来了。在小说中,"心"与"猿"(孙悟空形象)形成了一对无时无刻不被强化的所指和能指,并成为小说用来组织情节、添加寓意的一条隐含线索。我们看到,在小说的回目、诗赞以及文本叙述中,"心"或"心猿"被反复提及,贯穿始终。如须菩提洞府外大书的"斜月三星洞,灵台方寸山"十个字,正是隐括了一个"心"字。又如回目"八卦炉中逃大圣,五行山下定心猿""心猿归正,六贼无踪"等。在这种宗教哲学的象征意味衬托下,大闹天宫地府、率情任性、桀骜不驯的孙猴子似乎正象征着未入佛门、未经修持的世人心性,喻示着一种心灵的放纵与自由。而西行途中的八十一难则象征着排除邪魔,进行心性的修炼和意志的磨炼。放心而后收心,最终实现一种圆满的境界。而"意马"往往与"心猿"同指人的思想意识,故在使用时,常常连用,如此,则"心猿意马"在小说里的宗教意味也就不难明白了。

另一套道家养炼术语,也就是用"金公""木母""黄婆"来分别指代悟空、八戒、沙僧。这些指代并不是简单地以五行比配五众,而是建立在道教内丹修炼之"三五合一"思想基础之上的。所谓"三五合一",即五行之中,西金、北水为一家,以"金"或"金公"代表;南火、东木为一家,以"木"或"木母"为代表;中央土自为一家,土又称"黄婆"或"刀圭"。这样金木水火土五行被简化为"金""木""土"三家,分别代表精、意、神,三者调和才能丹成飞升。只有非常熟悉"金公""木母""黄婆"以及"婴儿""姹女"等丹道术语的内涵及哲理意味,才能有这样的运用。譬如猪八戒之容易为外界诱惑,孙悟空之刚勇使气,沙僧之平凡普通等性格特征,竟与他们身上"木""金""土"的元素性质相匹配;而悟空对八戒的屡屡戏弄,也与"金"能克"木"的观念有着密切联系。这三个象喻性指代贯穿全文,时时呼应着文本的叙事,从而在文本叙述之上营构了一个颇具宗教象征意味的阐释空间。但是,这方面的内容,在今天存世的《西游记》中,既是散布全书的,又是支离破碎的;全书的宗教倾向与局部的宗教文字往往彼此冲突——这都是复杂的学术性问题,有待进一步研究。

总之,《西游记》既包含特定的宗教和哲学思想,也不乏社会批判意识和积极入世的人文情怀,更具有浓郁的大众趣味和质朴气息。它是一部具有多重阐释空间的既复杂又通俗的小说。

三

《西游记》之所以在世间广为流传,与它塑造了充满魅力的人物形象有着很大的关系,这其中尤以孙悟空和猪八戒最为精彩。

孙悟空在中国古代文学人物画廊里是独一无二、特色极为鲜明的形象。他的形象内部非常富有张力——很多矛盾的性格要素集中在他一个角色的身上,又很好地融而为一。

第一对矛盾是最基本的:孙悟空介乎人和猴之间。于是他就具有同时从两个差别很大的角度来表现的特点。一个角度来看,他的言谈举止,都是做的人该做的事;但是另一个角度却不时流露出猴子的行为痕迹。比如说驾云。孙悟空学驾云,这是人的行为;但他跟别人不一样,他驾的是筋斗云。

奋起千钧棒

这中间，人的行为和猴子的动作便融到一处。又如车迟国一节，在写孙悟空与妖道斗法时，你一招我一招，孙悟空都是大占上风。忽然妖道提出一招，孙悟空接不住了。什么招呢？原来虎力大仙要与他赌坐禅，他就"甘拜下风"，因为猴子的本性是躁动不止。这个小细节就透露出来了孙悟空顽皮好动的猴性。

这对矛盾也决定了《西游记》特有的童话色彩——有猴子的外形却说出了人的语言，于是自然就有了童话的意味。

第二对矛盾，孙悟空介乎妖与仙之间。因为他是妖，所以仙界的规则他可以不守。跟师父发生了冲突，说走就走。"妖"衍生出了他放纵不羁的性格侧面。可是另外一方面，孙悟空又是"仙"。事实上他认同了天上的秩序，接受了体制内的价值取向，并因此和佛土仙界保持了良好的关系。仙的"正气"与妖的"邪性"共生在一个躯壳中，这自然丰富了孙悟空的形象。

第三对矛盾，在"真"与"戏"之间。孙悟空为人行事有时候非常认真，而有时候又很游戏。这点对于塑造一个饱满的文学形象也很重要。因为在取经的路上不认真，取经也就无法完成。除了大闹天宫外，让读者对孙悟空产生好感的最主要的原因就是他在取经路上百折不挠克服一切困难和障碍的精神。如果没有这个认真的态度，取经必然徒劳无功，他本人也不会成为英雄。可是他又有游戏的一面。他可以开如来佛祖的玩笑，开观世音的玩笑，开妖怪的玩笑，开凡人的玩笑。对待自己的师父唐僧，他也是既有恭敬的一面，也有调侃的一面。他可以把一个很沉重的事情幽默化。在一个很严肃的取经故事中，他是一个充满幽默感的英雄。因此他这种矛盾的性格特征和由此产生的形象内部张力，形成了独特的"泼猴／行者"。

第四对矛盾,行为时而十分正大,时而机变百出,甚至不免诡诈。孙悟空心高气傲,时常提起自己大闹天宫的"光荣事迹",内心里是以"英雄"自诩的。如他在盘丝洞除妖救师,如果偷袭便可一举成功,但自忖:"我若打他啊,只消把这棒子往池中一搅,就叫做'滚汤泼老鼠,一窝儿都是死'。可怜!可怜!打便打死他,只是低了老孙的名头。常言道:'男不与女斗。'我这般一条汉子,打杀几个丫头,着实不济。"但有的时候却又诡计多端。如火焰山斗铁扇公主,既变作牛魔王骗过痴心的女仙,又变作小虫钻到铁扇公主的肚中。这种把戏到了无底洞再次施展,又钻到了女妖地涌夫人的肚子里。似乎行为"全无原则",其实正符合猴王随心所欲、任性敢为的特点。在有些段落里,这种"矛盾"显得特别突出,如平顶山斗金角、银角。一方面自诩"做了一辈子好汉","不能低了名头",一方面又骗了小妖骗老妖。而正因为如此,才把一场神魔大战写得妙趣横生。

因此,人猴之间,妖仙之间,真戏之间,正邪之间,这样复杂多变的性格要素集中在一个角色上面,使得孙悟空在举手投足之间都有自己鲜明的特征。

虽然美猴王性格内部由矛盾二元表现出一种特别的复杂性、丰富性,但是他还有主导的一个方面。这个主导方面就是刚猛正直,心高气傲。孙悟空非常争强好胜。他为何大闹天宫,一个重要原因是玉皇大帝给他封的"弼马温"这个名号伤了他的自尊心。他倒没有什么名利的要求,只是觉得玉皇大帝瞧不起他。而这里其实寄予了作者胸中愤世不平之气。"齐天大圣"四个字就是猴王这一性格特色的表征。《猪八戒义激猴王,孙行者智降妖怪》这一回最能够表现孙悟空的心高气傲——也是唯一一次孙悟空掉到了猪八戒的圈套里了。故事发生在三打白骨精之后,由于猪八戒进谗言,孙悟空被唐僧赶走了。唐僧是一个不辨贤愚的领导者,他以为这八戒、沙僧两个徒弟也具有十分神通,可以保护自己安全到达西天。结果走不多远就碰见了碗子山波月洞的黄袍怪,猪八戒和沙和尚不知高低,主动挑战,害得唐僧中了魔咒变成猛虎。猪八戒想散伙,被白龙马劝止,并要他把孙悟空请回来。于是猪八戒就跑到花果山去请孙悟空。但是孙悟空真的寒了心,尤其恼怒猪八戒。结果看似呆憨的猪八戒利用了美猴王心高气傲的性格,"请将不如激将",于是乎,这个急脾气的美猴王急急忙忙就二次出山了。

就是这样一个人物形象,有时可爱,有时可敬,有时又很可笑,诸多因素融合起来造成了独一无二的美猴王。而这正是《西游记》的最伟大的创造。

孙悟空之所以那么成功,还有一个重要的外部因素,就是他的好搭档猪八戒。如果没有猪八戒,没有他和猪八戒的互动、摩擦,前文中所说的孙悟空的诸多性格就没有表现的机会。猪八戒本身也是一个塑造得十分成功的形象,与孙悟空可以说是一时瑜亮。而对于孙悟空来讲,猪八戒起到一个绝妙的衬托作用。两个人物的形象、性格处处相反:一个是半猴半人,瘦小、机灵、活泼;一个是半猪半人,肥胖、慵懒、蠢笨。猴子虽瘦,却充满了一身活力。身边伴随着一个懒惰的大胖猪,从体态上天然就有一种幽默滑稽的感觉。猴和猪两者本性就很不一样。猪八戒最大的特点是贪吃、好色。这恰恰合于"食色性也"的论断。站在"英雄主义"的高度,或是"禁欲主义"的立场,这当然都是要被批判、被嘲讽、被否定的。可是换个角度看,却又都是凡人皆有的本性,只是程度不同罢了。何况,猪八戒的好食色还从不掩饰,总是表现得非常真率。另外就是临阵有点胆怯,但是在大节上多半也不太含糊。虽然老是说想分家,也没有真正地分成。碰到妖怪的时候，可能勇气不太够，但是真的打起来了，抡起钉耙也就冲上去了。总而言之，他就像我们周围的普通人，而孙悟空是只能仰视的英雄。因此这两者之间有一个相得益彰的互相衬托的效果。

猪八戒在"本领"上和孙悟空也有一个很妙的对比。孙悟空精灵古怪，脑子里经常会有一些意想不到的计策，骗得妖精们团团转。而猪八戒总是呆头呆脑，十分笨拙。可笨人也有笨用处，所以取经路上粗笨的活儿就由他来干。比如他们师徒经过稀柿衕，上百年的烂柿子掉进山涧里全都发酵腐烂，堵住去路。孙悟空再有本领，却也畏难，他似乎有洁癖。最后还是利用猪八戒的特性——变成一头大猪，拱开了一条胡同。关于变化，也是粗蠢、笨拙。猪八戒自称："我老猪本来有三十六般变化……若说变山，变树，变石块，变土墩，变赖象、科猪、水牛、骆驼，真个全会。"所以，在通天河时，为降妖，孙悟空变成一个很小巧的男孩，猪八戒只能变成一个大胖丫头。两者对比就很有谐趣。

猪八戒这个形象同样是不朽的，甚至成为了一种文化符号——当人们使用这个符号时，谁都知道意指"懒惰""贪吃""好色"。这个形象与孙悟空相得益彰。可以说它是孙悟空这个文学形象得以成功的重要因素；反过来，猪八戒这个文学形象的成功也有赖于孙悟空的存在。

如果深究一下的话，孙悟空与猪八戒这两个文学形象产生于明代中后期，实在不是偶然的。自嘉靖朝开始，一股社会变革的潮流逐渐涌起，过去被称为"资本主义萌芽的滋生与成长"。无论我们是否使用这样的术语，一个事实是无可争议的，就是工商业的迅速发展，具体表现在大量工场的出现，城市的繁荣与商品经济的快速发展。社会变革反映到思想领域，就是启蒙思潮的兴起。从王阳明到李卓吾，提出了不少大胆的命题。他们之间虽有程度的不同,但在强调人的主体性上则是一脉相承的。而这种主体性又表现为两个方面:一个方面是重视"我心",由此蔑视清规戒律,蔑视外在权威;另一个方面是肯定"情欲",由此承认个人的利益追求、生活享受。从这个意义上讲,孙悟空与猪八戒正是体现了这一社会思潮的两个方面。

"世情"洞见《金瓶梅》

明代后期,在历史演义、英雄传奇、神魔小说等各类题材的白话长篇小说继续创作流播的时候,以《金瓶梅》为代表的描写当时人情、家庭、社会为主要创作倾向的世情小说异军突起,成为了白话长篇小说创作的一个新主流。而它所开创的创作道路,为后继者提供了很大的驰骋空间,清代《红楼梦》《儒林外史》的问世就直接受到了它的影响,这一点,和《三国演义》《水浒传》《西游记》的"孤峰独绝"大不相同。

一

在明代的"四大奇书"中,《金瓶梅》是唯一一部没有经历过世代累积成书过程的作品(但这也是有异义的)。它由《水浒传》中的"武松杀嫂"故事衍生而来,尽管文本中可以见到大量引用、抄改前人词曲、戏剧以及话本等作品的地方,但是,它的故事主体却是叙写西门庆一家的日常生活,书中的主要人物、主要故事情节在其他文学作品和文献资料中都找不到相近的故事本事,所以研究者们多认为,它是我国文学史上第一部由文人创作的白话长篇小说。

《金瓶梅》是文人独创,这个认识没有太大问题,但是,有关它的作者问题,却是"四大奇书"里面最为纷繁复杂的。候选人之多,超乎想象。据统计,在二十世纪八十年代,候选人就有三十多个。到九十年代后期,迅速增长到五十多个。而作者到底为谁,至今也仍是个未解之谜。

其实,《金瓶梅》的作者,在明朝当时就已经不知道了。

当时传闻中的作者名号就有"绍兴老儒""金吾戚里门客""嘉靖间大名士""兰陵笑笑生""世庙一巨公"等多种说法。《金瓶梅词话》卷首欣欣子作的序中有"窃谓兰陵笑笑生作《金瓶梅》"诸语。一般认为"兰陵"是个地名。在古代,称为"兰陵"的地方有两个,一个是在今天的山东枣庄,一个是在今天的江苏常州。这两个地方,孰是孰非,尚无定论。而"笑笑生"是谁呢,自明代以来,也有很多说法,其中影响较大的说法有王世贞、李开先、贾三近、屠隆、徐文长、王穉登等,但是,论及者多缺乏有力的证据。作者之谜的揭开,还有待新的文献资料的挖掘。

《金瓶梅》的成书时间问题,与它的作者问题一样,同样是个未解之谜。在《金瓶梅》刻本出现之前的十几年间,有一个手抄本的流行阶段。它主要是在一个很小的文人圈子里面流传,涉及当时的一些大名人,如徐阶、董其昌、袁宏道、袁中道、冯梦龙、王穉登等。现存最早的刻本是《新刻金瓶梅词话》,通称为"词话本"。这个本子在二十世纪三十年代才被发现。词话本最大的特点就是原生态的色彩更浓,包括语言比较世俗化,某些地方甚至有些粗俗,但是却更加生动,同时里面夹杂的一些游离于故事情节之外的诗文也最多。由于它刻在明代万历年间,所以也称为"万历本"。在所见刻本中以它年代最早,文学史上一般就以它的文字为准。但是它成书于何时?"候选"的答案从嘉靖后期到万历前期,跨度也将近半个世纪。词话本之后,重要的刊本有《新刻绣像批评金瓶梅》,又称为"崇祯本""说散本",它可能是词话本的评改本。此后,还有康熙年间出现的《皋鹤堂批评第一奇书金瓶梅》,习惯上称"第一奇书本"或"张评本"。它的正文基本上与崇祯本一样,是清人张竹坡在以崇祯本为底本的基础上,在文字上有所改动并且加以点评的批评本。有清一代(公开或是秘密)流行的主要就是这个本子。

二

《金瓶梅》的书名，是从书中三位女性人物潘金莲、李瓶儿、庞春梅的名字中各取一个字粘合而成的。它与前三部长篇小说的最大不同，就是题材的世俗化，由原来的写历史、说英雄、道神魔一变而为叙写琐碎的日常生活、家庭人事纠葛，由传奇而写现实，写当下的人生，写芸芸众生的人情与人性。整部《金瓶梅》主要写的就是西门庆及其一家的变泰发迹、兴旺衰败的历史，由其一家而及整个社会。西门庆由小商人而一跃为朝廷命官，再而亦商亦官的发迹变泰经历，正是明代中叶以来商品经济大潮下社会风貌的一个缩影，具有鲜明的时代特色。

西门庆的发迹主要有三个方面：一个是财，一个是色，一个是权。在这三个方面，西门庆的"发迹"都是"暴发"型，是常人不可想象的——机会太多、太好，过程太顺、太易。

先看西门庆的聚财方式。

西门庆的暴富完全靠的是横财。他聚财有三种方式。第一种是当他在猎艳时，会注意到猎艳对象是否有钱。之前的西门庆有三房太太，即吴月娘、李娇儿和孙雪娥。进入本书的情节之后，这个队伍扩大了一倍，他有了六个太太。新成员中，潘金莲完全是由于姿色而加入——也是先闹出了人命案子，只好如此。另两人孟玉楼与李瓶儿，则都是家财万贯的富孀。媒人来向西门庆提亲，首先炫耀女方的家财。而西门庆既在性的方面满足对方，又处心积虑谋取对方的财物。两桩婚事，给西门庆带来了巨额的资财，三个财主合成一个财主，使他一下子由中等的富商跃升为大财主。第二种方式，是吞没昧心钱。他的亲家犯了事，把巨资存放到他家。

他全然不顾自己女儿的利益，全部吞没——这也是后面一系列情节的根源。第三条路就是官商结合，大发横财。当他以商人身份出现时，利用官场关系来破坏市场秩序，直接获得超额的商业利润。这在蔡御史徇私让西门庆的盐货提前十天上市事件上表现得最为明显。西门庆之所以能占如此大的商机，与他两次"热情"招待蔡御史有关。他在官场上的"特殊投资"，从蔡太师到翟管家，再到蔡御史，尤其是蔡御史，直接为他此次牟取市场竞争之外的超额利润提供了便利。而当他以官员身份出现时，则是直接以权谋私、贪赃枉法。此点最明显的就是苗青案。商人苗青谋杀家主，侵吞了主人二千两银子的货物。事发后，他把货银全给了西门庆及其情妇。西门庆也就因此开脱了他。

总之，西门庆的发财之路条条通畅，而作者的兴奋点之一，就是渲染西门庆的聚财过程。

再看西门庆在"色情"场中的发迹。

前面说过，之前的西门庆有三房太太。而书的开端就从他的猎艳历险展开，等到故事发展到十几回，他就聚齐了六个太太。而除了六个太太外，小说中的西门庆还随时随地发现新目标，不断俘获她们。其中包括各色人等，既有地位低下的婢仆、娼妓，也有富贵之家的诰命夫人。在这一次次的猎艳历险中，虽也有西门庆弄心计的描写，但从无强迫暴力，而这些女人无一例外地俯首帖耳于他的面前。如李瓶儿赶走蒋竹山，重归西门庆后，对他说道："休说你仗义疏财，敲金击玉……你是医奴的药一般。一经你手，教奴没日没夜只是想你。"这既有奉承的成分，也有真心在内——联系到前文李瓶儿对蒋竹山性能力的不满、鄙视，这里对西门庆的奉承还是发自内心的。

西门庆超强的性能力是作品反复渲染的内容。西门庆征服史的最高"成就"是进入勋贵王招宣府。王招宣太太是郡王后代,既有地位又不乏钱财,经人介绍认识了西门庆之后,几番云雨,"这妇人一段身心已被他拴缚定了",不仅通家走动,还让自己的儿子拜西门庆作了干爹。直到西门庆纵欲丧身,贯穿近八十回的情节之一就是他不断征服、占有女性的经历。

第三个就是权。最开始,西门庆只是"一介乡民"——这是他仆人对他的写实性形容。而在一年多的时间里,他就进入官场,并升官晋职,甚至结交了官僚集团的最高层,面见了太师蔡京、太保朱勔,最后朝见了皇帝。在这样短的时间里,如此暴富骤贵,在正常的封建官僚甄选制度下,几乎是不可能发生的。西门庆在权力场中的"奇遇",在很大程度上反映了中晚明卖官鬻爵的现实。我们读晚明的笔记、杂录,这方面的情况可以了解到一些。不过,若论反映得集中而生动,则实在要首推《金瓶梅》。

西门庆因偶然的机缘,得到了给蔡京献寿礼的机会。而蔡京——这个最高行政权的执掌者,看到厚重的礼品,"如何不喜",便主动提出赏西门庆一个官职。对于蔡京来说,这是轻而易举的事情,因为"朝廷钦赐了我几张空名告身劄付",可以随意赏人官职。于是,商人西门庆就以一笔钱财换来了一个五品官职。一年后,西门庆亲自上东京,为蔡京祝寿献礼。二十来杠的礼物,再次"打倒"了当朝宰相,两个月后便把西门庆的官职提升了一级。

这里有个疑问,为什么宰相会如此轻易地卖官?除了道德因素外,可能和当时官员薪俸制度有关。小说中提到西门庆招待宋巡按的一桌宴席,花掉了一千两银子。而宰相的一年薪俸还达不到这个水准,所以他如此看重下面送的礼物也就可以理解了——这可能是有明一代的特殊现象,也可能具有更广的参考意义。

指出作品有这些内容,指出这些内容反映了晚明的社会现实,并不完全是我们主要的目的。也许我们更关心的是,作者是怎样来描写的,包括是以怎样的态度来描写的。这涉及对《金瓶梅》文学基本手法的判断。

《金瓶梅》一书,开端就讲"酒色财气",其实是以此四端代表人的各种欲望。全书在头尾部分各有几句劝告人们节欲的话,但百分之九十的篇幅是铺陈描写欲望的实现。渴求升官发财、美食美色,是人性中不那么高尚、不那么风雅的部分,却也是或隐或显普遍存在的部分。《金瓶梅》对此的铺陈,在作者也许主观上有一些批判的想法,但写出来的客观效果却是对人性中纵欲倾向的迎合。这部书产生于中晚明,是和那个时代弥漫于社会的纵欲风气血肉相关的;而它在厉禁之下仍广泛传播,分明与根植于人性弱点的这方面阅读接受心理有很大关联。

过去人们习惯于套用评论左拉、巴尔扎克作品的用语,称《金瓶梅》为"自然主义"或"现实主义",称西门庆为"商人"或"豪绅商人"的"典型"。这自有其合理的一面,但这不足以说明西门庆人物形象的全部特点,甚至未能概括其主要艺术特色。作品中的西门庆有现实的一面,同时有超现实的一面;有"人"的一面,同时有"超人"的一面。无论其各种运气,还是其各种能力,放在他那个生活环境之中,总如同羊群中的骆驼,大出好几号。从文学的角度看,主角"大"于芸芸众生,乃是传奇性的表现。他看起来是市井小人,其实作品是把他塑造成了"市井英雄"。作者通过他超人的运气与非常的能力,圆了自己潜意识中的"白日梦";读者通过循踪摄迹的阅读,体会其从心所欲无所不能的经历,宣泄了"力必多"的能量。

所以，读者会品味到，作者一方面觉得西门庆可恶，甚至有很多可笑的地方；另一方面，在他的笔墨之中，又流露出"艳羡"的意味，津津有味地描写着西门庆的各种感官享受。从这个意义上说，作者是一种矛盾的创作态度：明"讽"暗"劝"。套用弗洛伊德的假说："讽"就是"超我"在起作用，"劝"就是涌动的"本我"——力必多；超我冠冕堂皇而浮于表面，本我虽被贬抑却弥散强劲。

三

从文学发展的角度来看，《金瓶梅》一个重大的价值在于它是我国第一部把笔墨聚焦于女性的长篇小说，也是整个中国文学史上女性形象最为生动的作品，唯《红楼梦》可与比肩。

我们可以拿之前几部巨著来比：《三国演义》基本没有女人什么事，有个貂蝉、孙尚香，都是面目非常模糊的。《水浒传》中的女性主要有两大类：一类是十恶不赦的，如潘金莲、潘巧云、卢贾氏等，都被"英雄好汉"开膛破肚了；另一类就是母大虫、母夜叉等，面目狰狞；出了一个形象俊美的扈三娘，却是全没心肝——自己全家被杀了，还和仇人结婚跟着入伙。至于《西游记》里面，女妖都想盗取唐僧的元阳，令男人们不寒而栗，其实体现出十分独特的当时的性观念。这些书的作者全都从未关心过女性的内心世界。《金瓶梅》在这一点上有了质的变化。所以，《金瓶梅》的女性描写是小说史的一大进步。

说到《金瓶梅》的女性形象，自然首先要提到潘金莲。她既是中国古代文学史上最生动的女性形象，也是文学史上争议最大的女性形象。

《水浒传》中，写潘金莲主要就是一个"淫"字，十分简单和平面化。虽然《金瓶梅》把潘金莲之"恶"写得越发淋漓尽致,但这个形象不再平面,无论其为恶为善,都有其内心的世界和性格的逻辑,因而在很大程度上使潘金莲完成了"从女妖到女人"的转变。

《金瓶梅》中的潘金莲可以说是"恶之花"。

写她的恶,首先是她的淫荡。她的性要求特别强,写到后面已经是不近人情,几近于败笔了。当西门庆的性能力严重衰退时,她仍然提出强烈要求,导致了西门庆最后的死亡。其次是恶毒,其中渲染最为细致的就是和李瓶儿的争斗。她要把李瓶儿的孩子置于死地,就无所不用其极,最后用了《左传》里面屠岸贾害赵盾的手法:她扎了个草人,让草人穿着小孩子的衣服,然后把猫食搁在草人胸口,让猫总去草人那儿找吃的;然后把猫放在李瓶儿的屋子里,这猫一看到小孩就扑上去,最后使李瓶儿的儿子受惊身亡。此外,她的恶还体现在贪婪上面。潘金莲在西门庆的妻妾中处于卑下的位置。除了孙雪娥,她是最穷的。所以她不断找各种理由向西门庆索要东西,表现得贪婪无厌。

但是,除了"恶"的一面,她也有"花"的一面。首先是她的美貌。如果不是美貌,她不可能把西门庆攥在手心里。第二是干练。虽然她不持家,但是当她要捍卫自己的地位时,就会显现出来这个才能。比如当孟玉楼告诉潘金莲,宋惠莲有可能成为西门庆第七个太太时,潘金莲不听便罢,听了时,就说道:"真个由他,我就不信了!今日与你说的话,我若教贼奴才淫妇,与西门庆做了第七个老婆,我不是喇嘴说,就把潘字吊过来哩!"那西门庆是社会上有名的"惯打老婆的都头",在家庭暴力方面是很突出的。他自己要纳第七个太太,潘金莲怎么能够把这件事情制止住呢?作品在此处写得十分细致:潘金莲是如何选择进言的时机,讲的是什么话,最后又如何将西门庆说得回心转意。通过她一番说服，西门庆不但不再纳宋惠莲，最后还导致宋惠莲和她的丈夫全都死掉。还有就是潘金莲的口才。小说中总是提到潘金莲一开口就如同"那淮洪一样"，泛滥不可收拾。再就是潘金莲十分机灵，反应很快。可以说，潘金莲在小说中的形象是一个多面体。比如第五十八回中讲到一个老头儿来磨镜子，说起了自己的不幸经历。潘金莲听了之后，让仆人给了老头儿二升小米、两根酱瓜。可以看出，由于潘金莲来到西门庆家时自己也是很穷的，平时总是伸手要东西，所以当见到和自己类似的穷人时，自然也会生出一些恻隐之心。这样描写就使得潘金莲这个人物饱满起来。潘金莲个性很强，时不时会和母亲发生冲突。但是到第八十二回她母亲死了，她也很悲哀。她要回家奔丧，家中的主妇吴月娘不让她去，她便拿了五两银子委托她的情夫陈敬济去送葬。后来听说自己的母亲安然下葬，她便"落下泪来"。

另外，潘金莲本人就是一个大悲剧。在小说的最开始，潘金莲作为一个低贱的使女丫环被人卖来卖去，心比天高，身居下贱，最可悲的是，西门庆一死，她连在西门府里吃一口饭的权利都没有了。她立即变成了一件货物，被吴月娘卖掉了。所以前文说她如何恶、凶，其实只是一个虚幻的东西。也就是说她恶的同时，也有悲的一面。虽着墨不多，甚至处理得不是很好，但是写了这些方面，人物就饱满了起来。她就不是一个"女妖"了，而是一个女人了。

另外一个女性角色就是孟玉楼。清代评论家张竹坡认为，孟玉楼是全书中唯一一个正面角色，而且是作者自况。这个评价是否准确，我们且不管它。这里可以肯定的是，书中的孟玉楼是一个很特殊、很复杂、很微妙的形象。作品描写精微之处，有潘金莲形象所不及的地方。下面举几个例子,可以窥见一二。

第一个例子是第三十回"西门庆生子喜加官"。这回主要讲李瓶儿生了个儿子,这就使得潘金莲和李瓶儿的矛盾骤然加剧,到了你死我活的境地。潘金莲的恶毒嘴脸在这回里面得到了充分体现。其中有一段写潘金莲和孟玉楼的对话:"那潘金莲见李瓶儿待养孩子,心中未免有几分气。在房里看了一回,把孟玉楼拉出来,两个站在西稍间檐柱儿底下,那里歇凉,一处说话……且说玉楼见老娘进门,便向金莲说:'蔡老娘来了,咱不往屋里看看去?'那金莲一面不是一面,说道:'你要看,你去。我是不看他。他是有孩子的姐姐,又有时运,人怎的不看他……'玉楼道:'我也只说他是六月里孩子。'金莲道:'……差了!若是八月里孩儿,还有咱家些影儿。若是六月的……失迷了家乡,哪里寻犊儿去?'……玉楼道:'五姐是甚么话!'以后见他说话出来有些不防头脑,只低着头弄裙子,并不作声应答他。潘金莲用手扶着门框,一只脚跐着门槛儿,口里嗑着瓜子儿。只见孙雪娥听见李瓶儿前边养孩子,从后边慌慌张张一步一跌走来观看,不防黑影里被台基险些不曾绊了一交。金莲看见,教玉楼:'你看,献勤的小妇奴才!你慢慢走,慌怎的?抢命哩!黑影子绊倒了,磕了牙也是钱!姐姐,卖萝卜的拉盐担子,攘咸嘈心。养下孩子来,明日赏你这小妇一个纱帽戴!'"这一段文字把潘、孟、孙三人的形象都添上了生动鲜亮的一道色彩。

先看孙雪娥的形象。虽然只有寥寥数笔,却把她"地位低下,好事而缺心眼"这么一个形象刻画得活灵活现。李瓶儿得子,只会把她的位置降得更低,而西门庆在那儿,正室吴月娘也在那儿,谁也不会待见她,但她还是傻乎乎地跑过去看。而潘金莲很清醒,立刻感到自己地位面临的新危机,所以观望着说风凉话,言语十分恶毒。写她的形象有一笔十分传神:"用手扶着门框,一只脚趿着门槛儿,口里嗑着瓜子儿。"

不过,这里特别要注意的是孟玉楼这个形象,作者着墨不多,意味却很特别。整个对话中,她似乎一点也不动声色,绝不说过头的话。潘金莲发狠诅咒的时候,她也只听不答。可是我们细看,潘的狠话都是由她引出来的。例如几月孩子的话题,可以说是对李瓶儿生子最为恶毒的攻击。此前潘金莲因这个话题和吴月娘有过冲突。孟玉楼不是不知道其中的利害,但她却似有意似无意地把话题引到这里。她在全书中,总是扮演类似的角色:总是和潘金莲一起出现。每次在潘金莲面前她都装好人,既表现出对潘的理解与同情,又绝对不说过头的话,不做过头的事。给读者的第一感觉是很贤良,很"君子"。但是,潘金莲每次"闹事"的背后总是有她的影子,而周围的人又从不会察觉。无论作者主观动机如何,这个形象的细微笔墨都是很耐琢磨的。

再举一个例子。前面提到的潘金莲与宋惠莲的矛盾,潘金莲与孟玉楼有共同的利益。书中是这样写她们的利益保卫战的:"金莲正合孟玉楼一处坐的……玉楼便问金莲:'真个他爹和这媳妇可有?'金莲道:'你问那没廉耻的货!甚的好老婆,也不枉了教奴才这般挟制了……'玉楼向金莲道:'这桩事咱对他爹说好,不对他爹说好?大姐姐又不管。倘忽那厮真个安心,咱每不言语,他爹又不知道,一时遭了他手怎的?正是有心算无心,不备怎提备。六姐,你还该说说。正是为驴扭棍,伤了紫荆树。'金莲道:'我若饶了这奴才,除非是他就合下我来。'"利益是共同的,但孟玉楼巧妙地激起潘金莲的怒火与"勇气",让她到西门庆处进言告状,把风险与责任都放到了潘金莲的身上。这种笔墨与上面的例子基本一致。

孟玉楼还有另一面。西门庆死后,她嫁了李衙内,二人十分恩爱。不料先后发生了与玉簪儿、陈敬济的冲突。对前者,她先是忍让,而最终却是拔去了眼中钉。对后者,却是当机立断设下圈套,要斩草除根。结果聪明自误,害得李衙内被父亲痛打,差点拆散鸳鸯。作者这里的态度似乎是同情孟玉楼的,但也还是写出了这个女人的心计。这一段故事,由于男女一号人物都已去世,作者用笔比较简略。

那么,作者主观上是要刻画一个机心深刻的人物呢,还是写一个有操守明事理的聪明人物呢?这个问题在文本中没有明确的答案。不过,这可能恰好是孟玉楼形象的独特魅力所在。

《金瓶梅》写女性还有一个特点,就是写群像。大端来说,西门庆的六房妻妾性格各异,相互映衬而彰显了个性。具体来说,潘金莲是个中心,在她的周围,李瓶儿是她争斗的主要对象,庞春梅和她一伙儿。这三人是主要角色。在这"金、瓶、梅"三人当中,"金"和"瓶"是两个性格完全相反的人物。这种写法与《红楼梦》当中的林黛玉和薛宝钗的关系十分类似。一个尖刻,一个温厚,互为对照物。潘金莲和庞春梅之间的配合,也写得很有意思。既有同恶相济的因素,也有类似姐妹情谊的成分。于是,两个人的形象都因此而丰富了。另外,吴月娘、孙雪娥、李娇儿等形象虽用墨不多,但各自的身份、地位与性格都得到恰如其分的表现,这与她们之间,特别是与潘金莲之间的互动有很大关系。

所以,我们说《金瓶梅》打开了中国文学史上女性形象塑造的新局面。作者聚焦于几个女主角的命运,关注她们的喜怒哀乐,把她们日常的生活与性格、命运都写得十分到位和生动。但是,也必须指出,其缺陷和偏见同样是十分明显与突出的,特别是作品中表现出的性别观念还是陈腐、偏颇的。全书以男性为中心来进行价值判断,基本的倾向没能跳出男尊女卑的窠臼——这是与《红楼梦》明显的差距。

原典选读

至夜深，干辞曰："不胜酒力矣。"瑜命撤席，诸将辞出。瑜曰："久不与子翼同榻，今宵抵足而眠。"于是佯作大醉之状，携干入帐共寝。瑜和衣卧倒，呕吐狼藉。蒋干如何睡得着？伏枕听时，军中鼓打二更，起视残灯尚明。看周瑜时，鼻息如雷。干见帐内桌上，堆着一卷文书，乃起床偷视之，却都是往来书信。内有一封，上写"蔡瑁张允谨封"。干大惊，暗读之。书略曰：

某等降曹，非图仕禄，迫于势耳。今已赚北军困于寨中，但得其便，即将操贼之首，献于麾下。早晚人到，便有关报。幸勿见疑。先此敬覆。

干思曰："原来蔡瑁、张允结连东吴！"遂将书暗藏于衣内。再欲检看他书时，床上周瑜翻身，干急灭灯就寝。瑜口内含糊曰："子翼，我数日之内，教你看曹贼之首！"干勉强应之。瑜又曰："子翼，且住！……教你看曹贼之首！……"及干问之，瑜又睡着。干伏于床上，将近四更，只听得有人入帐，唤曰："都督醒否？"周瑜梦中做忽觉之状，故问那人曰："床上睡着何人？"答曰："都督请子翼同寝，何故忘却？"瑜懊悔曰："吾平日未尝饮醉；昨日醉后失事，不知可曾说甚言语？"那人曰："江北有人到此。"瑜喝："低声！"便唤："子翼。"蒋干只装睡着。瑜潜出帐。干窃听之，只闻有人在外曰："张、蔡二都督道：'急切不得下手……'"后面言语颇低，听不真实。少顷，瑜入帐，又唤"子翼"。蒋干只是不应，蒙头假睡。瑜亦解衣就寝。干寻思："周瑜是个精细人，天明寻书不见，必然害我。"睡至五更，干起唤周瑜。瑜却睡着。干戴上巾帻，潜步出帐，唤了小童，径出辕门。军士问："先生那里去？"干曰："吾在此恐误都督事，权且告别。"军士亦不阻挡。

干下船，飞棹回见曹操。操问："子翼干事若何？"干曰："周瑜雅量高致，非言词所能动也。"操怒曰："事又不济，反为所笑！"干曰："虽不能说周瑜，却与丞相打听得一件事。乞退左右。"干取出书信，将上项事逐一说与曹操。操大怒曰："二贼如此无礼耶！"即便唤蔡瑁、张允到帐下。操曰："我欲使汝二人进兵。"瑁曰："军尚未曾练熟，不可轻进。"操怒曰："军若练熟，吾首级献于周郎矣！"蔡、张二人不知其意，惊慌不能回答。操喝武士推出斩之。须臾，献头帐下，操方省悟曰："吾中计矣！"……众将见杀了张、蔡二人，入问其故。操虽心知中计，却不肯认错，乃谓众将曰："二人怠慢军法，吾故斩之。"众皆嗟呀不已。操于众将内选毛玠、于禁为水军都督，以代蔡、张二人之职。

——《三国演义》第四十五回《三江口曹操折兵　群英会蒋干中计》

言未毕，一声砲响，两边五百校刀手摆开，为首大将关云长，提青龙刀，跨赤兔马，截住去路。操军见了，亡魂丧胆，面面相觑。操曰："既到此处，只得决一死战！"众将曰："人纵然不怯，马力已乏，安能复战？"程昱曰："某素知云长傲上而不忍下，欺强而不凌弱；恩怨分明，信义素著。丞相旧日有恩于彼，今只亲自告之，可脱此难。"操从其说，即纵马向前，欠身谓云长曰："将军别来无恙？"云长亦欠身答曰："关某奉军师将令，等候丞相多时。"操曰："曹操兵败势危，到此无路，望将军以昔日之情为重。"云长曰："昔日关某虽蒙丞相厚恩，然已斩颜良，诛文丑，解白马之围，以奉报矣。今日之事，岂敢以私废公？"操曰："五关斩将之时，还能记否？大丈夫以信义为重。将军深明春秋，岂不知庾公之斯追子濯孺子之事乎？"云长是个义重如山之人，想起当日曹操许多恩义，与后来五关斩将之事，如何不动心？又见曹军惶惶皆欲垂泪，一发心中不忍。于是把马头勒回,谓众军曰:"四散摆开。"这个分明是放曹操的意思。操见云长回马,便和众将一齐冲将过去。云长回身时,曹操已与众将过去了。云长大喝一声,众军皆下马,哭拜于地。云长愈加不忍。正犹豫间,张辽纵马而至。云长见了,又动故旧之情,长叹一声,并皆放去。

——《三国演义》第五十回《诸葛亮智算华容 关云长义释曹操》

忽然十余次飞马报到,说司马懿引大军十五万,望西城蜂拥而来。时孔明身边别无大将,只有一班文官,所引五千军,已分一半先运粮草去了,只剩二千五百军在城中。众官听得这个消息,尽皆失色。孔明登城望之,果然尘土冲天,魏兵分两路望西城县杀来。孔明传令,教将旌旗尽皆藏匿;诸将各守城铺,如有妄行出入,及高言大语者,斩之;大开四门,每一门用二十军士,扮作百姓,洒扫街道。如魏兵到时,不可擅动,吾自有计。孔明乃披鹤氅,戴纶巾,引二小童携琴一张,于城上敌楼前,凭栏而坐,焚香操琴。

却说司马懿前军哨到城下,见了如此模样,皆不敢进,急报与司马懿。懿笑而不信,遂止住三军,自飞马远远望之。果见孔明坐于城楼之上,笑容可掬,焚香操琴。左有一童子,手捧宝剑;右有一童子,手执麈尾。城门内外有二十余百姓,低头洒扫,旁若无人。懿看毕大疑,便到中军,教后军作前军,前军作后军,望北山路而退。次子司马昭曰:"莫非诸葛亮无军,故作此态?父亲何故便退兵?"懿曰:"亮平生谨慎,不曾弄险。今大开城门,必有埋伏。我兵若进,中其计也。汝辈岂知?宜速退。"于是两路兵尽皆退去。孔明见魏军远去,抚掌而笑。众官无不骇然。乃问孔明曰:"司马懿乃魏之名将,今统十五万精兵到此,见了丞相,便速退去,何也?"孔明曰:"此人料吾生平谨慎,必不弄险;见如此模样,疑有伏兵，所以退去。吾非行险，盖因不得已而用之。此人必引军投山北小路去也。吾已令兴、苞二人在彼等候。"众皆惊服曰："丞相之机，神鬼莫测。若某等之见，必弃城而走矣。"孔明曰："吾兵止有二千五百，若弃城而走，必不能远遁。得不为司马懿所擒乎？"

——《三国演义》第九十五回《马谡拒谏失街亭　武侯弹琴退仲达》

那大王推开房门，见里面黑洞洞地。大王道："你看我那丈人是个做家的人，房里也不点碗灯，由我那夫人黑地里坐地。明日叫小喽罗山寨里扛一桶好油来与他点。"鲁智深坐在帐子里都听得，忍住笑，不做一声。那大王摸进房中，叫道："娘子，你如何不出来接我？你休要怕羞，我明日要你做压寨夫人。"一头叫娘子，一面摸来摸去。一摸摸着销金帐子，便揭起来，探一只手入去摸时，摸着鲁智深的肚皮，被鲁智深就势劈头巾带角儿揪住，一按按将下床来。那大王却待挣扎，鲁智深把右手捏起拳头，骂一声："直娘贼！"连耳根带脖子只一拳。那大王叫一声："做甚么便打老公？"鲁智深喝道："教你认的老婆！"拖倒在床边，拳头脚尖一齐上，打得大王叫"救人"！刘太公惊得呆了，只道这早晚正说因缘劝那大王，却听的里面叫救人。太公慌忙把着灯烛，引了小喽罗，一齐抢将入来。众人灯下打一看时，只见一个胖大和尚，赤条条不着一丝，骑翻大王在床面前打。为头的小喽罗叫道："你众人都来救大王！"众小喽罗一齐拖枪拽棒，打将入来救时，鲁智深见了，撇下大王，床边绰了禅杖，着地打将出来。小喽罗见来得凶猛，发声喊，都走了。刘太公只管叫苦。打闹里，那大王扒出房门，奔到门前，摸着空马，树上析枝柳条，托地跳在马背上，把柳条便打那马，却跑不去。大王道："苦也！畜生也来欺负我！"再看时，原来心慌不曾解得缰绳，连忙扯断了，骑着护马飞走。出得庄门，大骂刘太公："老驴休慌！不怕你飞了！"把马打上两柳条，拨喇喇地驮了大王上山去。

——《水浒传》第五回《小霸王醉入销金帐　花和尚大闹桃花村》

武松吃了道："这酒略有些意思。"问道："过卖，你那主人家姓甚么？"酒保答道："姓蒋。"武松道："却如何不姓李？"那妇人听了道："这厮那里吃醉了，来这里讨野火么！"酒保道："眼见得是个外乡蛮子，不省得了，休听他放屁！"武松问道："你说甚么？"酒保道："我们自说话，客人，你休管，自吃酒。"武松道："过卖，叫你柜上那妇人下来相伴我吃酒。"酒保喝道："休胡说！这是主人家娘子！"武松道："便是主人家娘子，待怎地？相伴我吃酒也不打紧！"那妇人大怒，便骂道："杀才！该死的贼！"推开柜身子，却待奔出来。

武松早把土色布衫脱下，上半截揣在怀里，便把那桶酒只一泼，泼在地上，抢入柜身子里，却好接着那妇人。武松手硬，那里挣扎得。被武松一手接住腰胯，一手把冠儿捏作粉碎，揪住云鬓，隔柜身子提将出来望浑酒缸里只一丢，听得扑通的一声响，可怜这妇人正被直丢在大酒缸里。

武松托地从柜身前踏将出来。有几个当撑的酒保，手脚活些个的，都抢来奔武松。武松手到，轻轻地只一提，提一个过来，两手揪住，也望大酒缸里只一丢，椿在里面；又一个酒保奔来，提着头只一掠，也丢在酒缸里。再有两个来的酒保，一拳一脚，都被武松打倒了。先头三个人，在三只酒缸里，那里挣扎得起。后面两个人，在地下爬不动。这几个火家捣子打得屁滚尿流，乖的走了一个。武松道："那厮必然去报蒋门神来。我就接将去，大路上打倒他好看，教众人笑一笑。"

武松大踏步赶将出来。那个捣子径奔去报了蒋门神。

蒋门神见说，吃了一惊，踢翻了交椅，丢去蝇拂子，便钻将来。武松却好迎着，正在大阔路上撞见。蒋门神虽然长大，近因酒色所迷，淘虚了身子，先自吃了那一惊；奔将来，那步不曾停住；怎地及得武松虎一般似健的人，又有心来算他！蒋门神见了武松，心里先欺他醉，只顾赶将入来。说时迟，那时快，武松先把两个拳头去蒋门神脸上虚影一影，忽地转身便走。蒋门神大怒，抢将来，被武松一飞脚踢起，踢中蒋门神小腹上，双手按了，便蹲下去。武松一踅，踅将过来，那只右脚早踢起，直飞在蒋门神额角上，踢着正中，望后便倒。武松追入一步，踏住胸脯，提起这醋钵儿大小拳头，望蒋门神脸上便打。原来说过的打蒋门神扑手，先把拳头虚影一影便转身，却先飞起左脚，踢中了，便转过身来，再飞起右脚。这一扑有名，唤做"玉环步，鸳鸯脚"。——这是武松平生的真才实学，非同小可！打得蒋门神在地下叫饶。

　　——《水浒传》第二十九回《施恩重霸孟州道　武松醉打蒋门神》

　　却说李逵见了宋江、柴进和那美色妇人吃酒，却教他和戴宗看门，头上毛发倒竖起来，一肚子怒气正没发付处。只见杨太尉揭起帘幕，推开扇门，径走入来，见了李逵，喝问道："你这厮是谁？敢在这里？"李逵也不回应，提起把交椅，望杨太尉劈脸打来。杨太尉倒吃了一惊，措手不及，两交椅打翻地下。戴宗便来救时，那里拦挡得住。李逵扯下幅画来，就蜡烛上点着，东焯西焯，一面放火，香桌椅凳，打得粉碎。宋江等三个听得，赶出来看时，见黑旋风褪下半截衣裳，正在那里行凶。四个扯出门外去时，李逵就街上夺条棒，直打出小御街来。宋江见他性起，只得和柴进、戴宗先赶出城，恐关了禁门，脱身不得，只留燕青看守着他。李师师家火起，惊得赵官家一道烟走了。邻佑人等一面救火，一面救起杨太尉，这

126

话都不必说。城中喊起杀声，震天动地。高太尉在北门上巡警，听得了这话，带领军马，便来追赶。燕青伴着李逵，正打之间，撞着穆弘、史进，四人各执枪棒，一齐助力，直打到城边。把门军士急待要关门，外面鲁智深轮着铁禅仗，武行者使起双戒刀，朱仝、刘唐手捻着朴刀，早杀入城来，救出里面四个。方才出得城门，高太尉军马恰好赶到城外来。八个头领不见宋江、柴进、戴宗，正在那里心慌。

原来军师吴用已知此事，定教大闹东京。克时定日，差下五员虎将，引领带甲马军一千骑，是夜恰好到东京城外等接，正逢着宋江、柴进、戴宗三人，带来的空马，就教上马，随后众人也到。正都上马时，于内不见了李逵。高太尉军马冲将出来。宋江手下的五虎将关胜、林冲、秦明、呼延灼、董平突到城边，立马于濠堑上，大喝道："梁山泊好汉全伙在此！早早献城，免汝一死！"高太尉听得，那里敢出城来。慌忙教放下吊桥，众军上城提防。宋江便唤燕青分付道："你和黑厮最好，你可略等他一等，随后与他同来。我和军马众将先回，星夜还寨，恐怕路上别有枝节。"

不说宋江等军马去了，且说燕青立在人家房檐下看时，只见李逵从店里取了行李，拿着双斧，大吼一声，跳出店门，独自一个，要去打这东京城池。正是：声吼巨雷离店肆，手提大斧劈城门。毕竟黑旋风李逵怎地去打城，且听下回分解。

——《水浒传》第七十二回《柴进簪花入禁院　李逵元夜闹东京》

大圣驾着云，念声咒语，摇身一变，就变做赤脚大仙模样，前奔瑶池。不多时，直至宝阁，按住云头，轻轻移步，走入里面。只见那里：

琼香缭绕，瑞霭缤纷。瑶台铺彩结，宝阁散氤氲。凤翥鸾翔形缥缈，金花玉萼影浮沉。上排着九凤丹霞帔，八宝紫霓墩，五彩描金桌，千花碧玉盆。桌上有龙肝和凤髓，熊掌与猩唇。珍馐百味般般美，异果嘉肴色色新。

那里铺设得齐齐整整，却还未有仙来。这大圣点看不尽，忽闻得一阵酒香扑鼻，急转头见右壁厢长廊之下，有几个造酒的仙官，盘糟的力士，领几个运水的道人，烧火的童子，在那里洗缸刷瓮，已造成了玉液琼浆，香醪佳酿。大圣止不住口角流涎，就要去吃，奈何那些人都在这里，他就弄个神通，把毫毛拔下几根，丢入口中嚼碎，喷将出去，念声咒语，叫"变！"即变做几个瞌睡虫，奔在众人脸上。你看那伙人，手软头低，闭眉合眼，丢了执事，都去盹睡。大圣却拿了些百味八珍，佳肴异品，走入长廊里面，就着缸，挨着瓮，放开量，痛饮一番。吃勾了多时，酕醄醉了，自揣自摸道："不好，不好！再过会，请的客来，却不怪我？一时拿住，怎生是好？不如早回府中睡去也。"

好大圣，摇摇摆摆，仗着酒，任情乱撞，一会把路差了，不是齐天府，却是兜率天宫。一见了，顿然醒悟道："兜率宫是三十三天之上，乃离恨天太上老君之处，如何错到此间？也罢，也罢！一向要来望此老，不曾得来，今趁此残步，就望他一望也好。"即整衣撞进去。那里不见老君，四无人迹。原来那老君与燃灯古佛在三层高阁朱陵丹台上讲道，众仙童、仙将、仙官、仙吏都侍立左右听讲。这大圣直至丹房里面，寻访不遇，但见丹灶之旁，炉中有火。炉左右安放着五个葫芦，葫芦里都是炼就的金丹。大圣喜道："此物乃仙家之至宝。老孙自了道以来，识破了内外相同之理，也要炼些金丹济人，不期到家无暇。今日有缘，却又撞着此物，趁老子不在，等我吃他几丸尝新。"他就把那葫芦都倾出来，就都吃了，如吃炒豆相似。

一时间丹满酒醒，又自己揣度道："不好，不好！这场祸，比天还大,若惊动玉帝,性命难存。走,走,走!不如下界为王去也!"他就跑出兜率宫,不行旧路,从西天门,使个隐身法逃去,即按云头,回至花果山界。但见那旌旗闪灼,戈戟光辉,原来是四健将与七十二洞妖王,在那里演习武艺。大圣高叫道:"小的们,我来也!"众怪丢了器械,跪倒道:"大圣好宽心,丢下我等许久,不来相顾。"大圣道:"没多时,没多时。"

且说且行,径入洞天深处。四健将打扫安歇,叩头礼拜毕,俱道:"大圣在天这百十年,实受何职?"大圣笑道:"我记得才半年光景,怎么就说百十年话?"健将道:"在天一日,即在下方一年也。"大圣道:"且喜这番玉帝相爱,果封做齐天大圣,起一座齐天府,又设安静、宁神二司,司设仙吏侍卫。向后见我无事,着我看管蟠桃园。近因王母娘娘设蟠桃大会,未曾请我,是我不待他请,先赴瑶池,把他那仙品、仙酒,都是我偷吃了。走出瑶池,踉踉跄跄误入老君宫阙,又把他五个葫芦金丹也偷吃了。但恐玉帝见罪,方才走出天门来也。"

众怪闻言大喜。即安排酒果接风,将椰酒满斟一石碗奉上。大圣喝了一口,即咨牙俫嘴道:"不好吃,不好吃。"崩、芭二将道:"大圣在天宫吃了仙酒、仙肴,是以椰酒不甚美口。常言道:'美不美,乡中水。'"大圣道:"你们就是'亲不亲,故乡人'。我今早在瑶池中受用时,见那长廊之下有许多瓶罐,都是那玉液琼浆。你们都不曾尝着,待我再去偷他几瓶回来,你们各饮半杯,一个个也长生不老。"众猴欢喜不胜。

大圣即出洞门,又翻一筋斗,使个隐身法,径至蟠桃会上,进瑶池宫阙,只见那几个造酒、盘糟、运水、烧火的还鼾睡未醒。他将大的从左右胁下挟了两个,两手提了两个,即拨转云头回来,会众猴在于洞中,就做个仙酒会,各饮了几杯,快乐不题。

——《西游记》第五回《乱蟠桃大圣偷丹 反天宫诸神捉

怪》

　　却说那呆子被一窝猴子捉住了,扛抬扯拉,把一件直裰子揪破。口里劳劳叨叨的,自家念诵道:"罢了,罢了,这一去有个打杀的情了。"不一时,到洞口。那大圣坐在石崖之上,骂道:"你这馕糠的夯货!你去便罢了,怎么骂我?"八戒跪在地下道:"哥啊,我不曾骂你;若骂你,就嚼了舌头根。我只说哥哥不去,我自去报师父便了。怎敢骂你?"行者道:"你怎么瞒得过我? 我这左耳往上一扯,晓得三十三天人说话;我这右耳往下一扯,晓得十代阎王与判官算账。你今走路把我骂,我岂不听见?"八戒道:"哥啊,我晓得你贼头鼠脑的,一定又变作个甚么东西儿,跟着我听的。"行者叫:"小的们,选大棍来,先打二十个见面孤拐,再打二十个背花,然后等我使铁棒与他送行。"八戒慌得磕头道:"哥哥,千万看师父面上,饶了我罢。"行者道:"我想那师父好仁义儿哩。"八戒又道:"哥哥,不看师父啊,请看海上菩萨之面,饶了我罢。"

　　行者见说起菩萨,却有三分儿转意道:"兄弟,既这等说,我且不打你。你却老实说,不要瞒我。那唐僧在那里有难,你却来此哄我?"八戒道:"哥哥,没甚难处,实是想你。"行者骂道:"这个好打的夯货,你怎么还要者嚣我? 老孙身回水帘洞,心逐取经僧。那师父步步有难,处处该灾,你趁早儿告诵我,免打。"八戒闻得此言,叩头上告道:"哥啊,分明要瞒着你,请你去的,不期你这等样灵。饶我打,放我起来说罢。"行者道:"也罢,起来说。"众猴撒开手。那呆子跳得起来,两边乱张。行者道:"你张甚么?"八戒道:"看看那条路儿空阔,好跑。"行者道:"你跑到那里? 我就让你先走三日,老孙自有本事赶转你来。快早说来,这一恼发我的性子,断不饶你。"

　　八戒道:"实不瞒哥哥说,自你回后,我与沙僧保师父前行,只见一座黑松林,师父下马,教我化斋。我因许远,无一个人家,辛苦了,略在草里睡睡。不想沙僧别了师父,又来寻我。你晓得师父没有坐性,他独步林间玩景。出得林,见一座黄金宝塔放光,他只当寺院。不期塔下有个妖精,名唤黄袍,被他拿住。后边我与沙僧回寻,止见白马、行囊,不见师父。随寻至洞口,与那怪厮杀。师父在洞,幸亏了一个救星。原是宝象国王第三个公主,被那怪摄来者。他修了一封家书,托师父寄去,遂说方便,解放了师父。到了国中,递了书子,那国王就请师父降妖,取回公主。哥啊,你晓得,那老和尚可会降妖?我二人复去与战,不知那怪神通广大,将沙僧又捉了。我败阵而走,伏在草中。那怪变做个俊俏文人入朝,与国王认亲,把师父变作老虎。又亏了白龙马夜现龙身,去寻师父,师父倒不曾寻见,却遇着那怪在银安殿饮酒。他变一宫娥,与他巡酒、舞刀,欲乘机而砍,反被他用满堂红打伤马腿。就是他教我来请师兄的,说道:'师兄是个有仁有义的君子,君子不念旧恶,一定肯来救师父一难。'万望哥哥念'一日为师,终身为父'之情,千万救他一救。"

行者道:"你这个呆子!我临别之时,曾叮咛又叮咛,说道:'若有妖魔捉住师父,你就说老孙是他大徒弟。'怎么却不说我?"八戒又思量道:"请将不如激将,等我激他一激。"道:"哥啊,不说你还好哩。只为说你,他一发无状!"行者道:"怎么说?"八戒道:"我说:'妖精,你不要无礼,莫害我师父!我还有个大师兄,叫做孙行者。他神通广大,善能降妖。他来时教你死无葬身之地!'那怪闻言,越加忿怒,骂道:'是个什么孙行者,我可怕他?他若来,我剥了他皮,抽了他筋,啃了他骨,吃了他心!饶他猴子瘦,我也把他剁鲊着油烹!'"行者闻言,就气得抓耳挠腮,暴躁乱跳道:"是那个敢这等骂我!"八戒道:"哥哥息怒,是那黄袍怪这等骂来,我故学与你听也。"行者道:"贤弟,你起来。不是我去不成,既是妖精敢骂我，我就不能不降他，我和你去。老孙五百年前大闹天宫，普天的神将看见我，一个个控背躬身，口口称呼大圣。这妖怪无礼，他敢背前面后骂我！我这去，把他拿住，碎尸万段，以报骂我之仇！报毕，我即回来。"八戒道："哥哥，正是，你只去拿了妖精，报了你仇，那时来与不来，任从尊命。"那猴才跳下崖，撞入洞里，脱了妖衣，整一整锦直裰，束一束虎皮裙，执了铁棒，径出门来。

——《西游记》第三十一回《猪八戒义激猴王　孙行者智降妖怪》

行者近前作礼道："樵哥，问讯了。"那樵子撇了柯斧，答礼道："长老何往？"行者道："敢问樵哥，这可是翠云山？"樵子道："正是。"行者道："有个铁扇仙的芭蕉洞，在何处？"樵子笑道："这芭蕉洞虽有，却无个铁扇仙，只有个铁扇公主，又名罗刹女。"行者道："人言他有一柄芭蕉扇，能熄得火焰山，敢是他么？"樵子道："正是，正是。这圣贤有这件宝贝，善能熄火，保护那方人家，故此称为铁扇仙。我这里人家用不着他，只知他叫做罗刹女，乃大力牛魔王妻也。"

行者闻言，大惊失色，心中暗想道："又是冤家了。当年伏了红孩儿，说是这厮养的。前在那解阳山破儿洞遇他叔子，尚且不肯与水，要作报仇之意；今又遇他父母，怎生借得这扇子耶？"樵子见行者沉思默虑，嗟叹不已，便笑道："长老，你出家人，有何忧疑？这条小路儿向东去，不上五六里，就是芭蕉洞，休得心焦。"行者道："不瞒樵哥说，我是东土唐朝差往西天求经的唐僧大徒弟，前年在火云洞，曾与罗刹之子红孩儿有些言语，但恐罗刹怀仇不与，故生忧疑。"樵子道："大丈夫鉴貌辨色，只以求扇为名，莫认往时之溲话，管情借得。"行者闻言，深深唱个大喏道："谢樵哥教诲，我去也。"

遂别了樵夫，径至芭蕉洞口。但见那两扇门紧闭牢关，洞外风光秀丽。好去处！正是那：

山以石为骨，石作土之精。烟霞含宿润，苔藓助新青。嵯峨势耸欺蓬岛，幽静花香若海瀛。几树乔松栖野鹤，数株衰柳语山莺。诚然是千年古迹，万载仙踪。碧梧鸣彩凤，活水隐苍龙。曲径荜萝垂挂，石梯藤葛攀笼。猿啸翠岩忻月上，鸟啼高树喜晴空。两林竹荫凉如雨，一径花浓没绣绒。时见白云来远岫，略无定体漫随风。

行者上前叫："牛大哥，开门，开门。"呀的一声，洞门开了，里边走出一个毛儿女，手中提着花篮，肩上担着锄子。真个是一身蓝缕无妆饰，满面精神有道心。行者上前迎着合掌道："女童，累你转报公主一声：我本是取经的和尚，在西方路上，难过火焰山，特来拜借芭蕉扇一用。"那毛女道："你是那寺里和尚？叫甚名字？我好与你通报。"行者道："我是东土来的，叫做孙悟空和尚。"

那毛女即便回身，转于洞内，对罗刹跪下道："奶奶，洞门外有个东土来的孙悟空和尚，要见奶奶，拜求芭蕉扇，过火焰山一用。"那罗刹听见"孙悟空"三字，便似撮盐入火，火上浇油，骨都都红生脸上，恶狠狠怒发心头。口中骂道："这泼猴！今日来了。"叫："丫鬟，取披挂，拿兵器来。"随即取了披挂，拿两口青锋宝剑，整束出来。行者在洞外闪过，偷看怎生打扮。只见他：

头裹团花手帕，身穿纳锦云袍。腰间双束虎筋绦，微露绣裙偏绡。

凤嘴弓鞋三寸，龙须膝裤金销。手提宝剑怒声高，凶比月婆容貌。

那罗刹出门，高叫道："孙悟空何在？"行者上前，躬身施礼道："嫂嫂，老孙在此奉揖。"罗刹咄的一声道："谁是你的嫂嫂？那个要你奉揖？"行者道："尊府牛魔王，当初曾与老孙结义，乃七兄弟之亲。今闻公主是牛大哥令正，安得不以嫂嫂称之？"罗刹道："你这泼猴！既有兄弟之亲，如何坑陷我子？"行者佯问道："令郎是谁？"罗刹道："我儿是号山枯松涧火云洞圣婴大王红孩儿。被你倾了，我们正没处寻你报仇，你今上门纳命，我肯饶你？"行者满脸陪笑道："嫂嫂原来不察理，错怪了老孙。你令郎因是捉了师父，要蒸要煮，幸亏了观音菩萨收他去，救出我师。他如今现在菩萨处做善财童子，实受了菩萨正果，不生不灭，不垢不净，与天地同寿，日月同庚。你倒不谢老孙保命之恩，反怪老孙，是何道理？"罗刹道："你这个巧嘴的泼猴！我那儿虽不伤命，再怎生得到我的跟前，几时能见一面？"行者笑道："嫂嫂要见令郎，有何难处？你且把扇子借我，扇息了火，送我师父过去，我就到南海菩萨处请他来见你，就送扇子还你，有何不可？那时节，你看他可曾损伤一毫？如有些须之伤，你也怪得有理；如比旧时标致，还当谢我。"罗刹道："泼猴！少要饶舌，伸过头来，等我砍上几剑：若受得疼痛，就借扇子与你；若忍耐不得，教你早见阎君。"行者叉手向前，笑道："嫂嫂切莫多言。老孙伸着光头，任尊意砍上多少，但没气力便罢。是必借扇子用用。"那罗刹不容分说，双手轮剑，照行者头上乒乒乓乓，砍有十数下，这行者全不认真。罗刹害怕，回头要走。行者道："嫂嫂那里去？快借我使使。"那罗刹道："我的宝贝原不轻借。"行者道："既不肯借，吃你老叔一棒。"

好猴王，一只手扯住，一只手去耳内掣出棒来，晃一晃，有碗来粗细。那罗刹挣脱手，举剑来迎。行者随又抡棒便打。两个在翠云山前，不论亲情，却只讲仇隙。这一场好杀：

裙钗本是修成怪，为子怀仇恨泼猴。行者虽然生狠怒，因师路阻让娥流。先言拜借芭蕉扇，不展骁雄耐性柔。罗刹无知轮剑砍，猴王有意说亲由。女流怎与男儿斗，到底男刚压女流。这个金箍铁棒多凶猛，那个霜刃青锋甚紧稠。劈面打，照头丢，恨苦相持不罢休。左挡右遮施武艺，前迎后架骋奇谋。却才斗到沉酣处，不觉西方坠日头。罗刹忙将真扇子，一扇挥动鬼神愁。

那罗刹女与行者相持到晚，见行者棒重，却又解数周密，料斗他不过，即便取出芭蕉扇，晃一晃，一扇阴风，把行者搧得无影无形，莫想收留得住。这罗刹得胜回归。

——《西游记》第五十九回《唐三藏路阻火焰山　孙行者一调芭蕉扇》

薛嫂道了万福，西门庆问他："有甚说话？"薛嫂道："我来有一件亲事，来对大官人说，管情中得你老人家意，就顶死了的三娘窝儿。方才我在大娘房里，买我的花翠，留我吃茶，坐了这一日，我就不曾敢提起。径来寻你老人家，和你说。这位娘子，说起来你老人家也知道，是咱这南门外贩布杨家的正头娘子。手里有一分好钱，南京拔步床也有两张，四季衣服，妆花袍儿，插不下手去，也有四五只箱子。珠子箍儿，胡珠环子，金宝石头面，金镯银钏不消说；手里现银子，他也有上千两。好三梭布，也有三二百筒。不幸他男子汉去贩布，死在外边。他守寡了一年多，身边又没子女，止有一个小叔儿还小，才十岁，青春年少，守他甚么？有他家一个嫡亲姑娘，要主张着他嫁人。这娘子今年不上二十五六岁，生的长挑身材，一表人物。打扮起来，就是个灯人儿，风流俊俏，百伶百俐。当家立纪，针指女工，双陆棋子，不消说。不瞒大官人说，他娘家姓孟，排行三姐，就住在臭水巷。又会弹了一手好月琴。大官人若见了，管情一箭就上垛；谁似你老人家有福，好得这许多带头，又得一个娘子！"西门庆只听见妇人会弹月琴，便可在他心上。

……

　　西门庆一见，满心欢喜。薛嫂忙去掀开帘子，妇人出来，望上不端不正，道了个万福，就在对面椅上坐下。西门庆把眼上下不转睛看了一回，妇人把头低了。西门庆开言说："小人妻亡已久，欲娶娘子入门为正，管家事。未知意下如何？"那妇人问道："官人贵庚？没了娘子多少时了？"西门庆道："小人虚度二十八岁，七月二十八日子时建生。不幸先妻没了一年有余。不敢请问娘子青春多少？"妇人道："奴家青春是三十。"西门庆道："原来长我二岁。"薛嫂在傍插口道："妻大两，黄金日日长；妻大三，黄金积如山。"说着，只见小丫鬟拿了三盏蜜饯金橙子泡茶，银镶雕漆茶盅，银杏叶茶匙。妇人起身，先取头一盏，用纤手抹去盏边水渍，递与西门庆；忙用手接了，道了万福。慌的薛嫂向前用手掀起妇人裙子来，裙边露出一对刚三寸恰半拃，一对尖尖趫趫金莲脚来，穿着大红遍地金云头白绫高底鞋儿，与西门庆瞧，西门庆满心欢喜。妇人取第二盏茶来，递与薛嫂；他自取一盏陪坐。

　　吃了茶，西门庆便叫玳安用方盒呈上锦帕二方、宝钗一对、金戒指六个，放在托盘内拿下去。薛嫂一面教妇人拜谢了，因问官人行礼日期，奴这里好做预备。西门庆道："既蒙娘子见允，今月二十四日，有些微礼过门来，六月初二日准娶。"妇人道："既然如此，奴明日就使人来对北边姑娘那里说去。"薛嫂道："大官人昨日已是到姑奶奶府上讲过话了。"妇人道："姑娘说甚来？"薛嫂道："姑奶奶听见大官人说此桩事，好不欢喜，才使我领大官人来这里相见。说道：'不嫁这等人家，再嫁那样人家？我就做硬主媒，保这门亲事。'"妇人道："既是姑娘恁的说，又好了！"薛嫂道："好大娘子，莫不俺做媒，敢这等捣谎！"说毕，西门庆作辞起身。薛嫂送出巷口，向西门庆说道："看了这娘子，你老人家心下如何？"西门庆道："薛嫂，其实累了你！"薛嫂道："你老人家请先行一步，我和大娘子说句话就来。"西门庆骑马进城去了。

薛嫂转来向妇人说道："娘子,你嫁得这位老公也罢了。"因问："西门庆房里有人没有人? 见作何生理?"薛嫂道："好奶奶,就有房里人,那个是成头脑的! 我说是谎,你过去就看出来。他老人家名目,谁是不知道的! 清河县数一数二的财主,有名卖生药放官吏债西门大官人。知县、知府都和他往来,近日又与东京杨提督结亲,都是四门亲家,谁人敢惹他?"妇人安排酒饭,与薛嫂儿正吃着,只见他姑娘家使了小厮安童,盒子里拎着乡里来的四块黄米面枣儿糕、两块糖、几个艾窝窝,就来问:"曾受了那人家插定不曾? 奶奶说来,这人家不嫁,待嫁甚人家?"妇人道:"多谢你奶奶挂心,今日已留下插定了。"薛嫂道:"天么,天么! 早是俺媒人不说谎! 姑奶奶家使了大官儿说将来了!"妇人收了糕,出了盒子,装了满满一盒子点心腊肉,又与了安僮五六十文钱:"到家多拜上奶奶。那家日子,定下二十四日行礼,出月初二日准娶。"小厮去了。

——《金瓶梅》第七回《薛嫂儿说娶孟玉楼　杨姑娘气骂张四舅》

今日潘金莲在酒席上,见月娘与乔大户家做了亲,李瓶儿都披红簪花递酒,心中甚是气不愤。来家又被西门庆骂了这两句,越发急了。走到月娘这边屋里哭去了。……说了回话,只见孟玉楼也走过这边屋里来,见金莲哭泣,说道:"你只顾恼怎的? 随他说了几句罢了!"金莲道:"早是你在旁边听着,我说他什么歹话来? 又是一说,他说别家是房里养的。我说乔家是房外养的? 也是房里生的。那个纸包儿包着,瞒得过人? 贼不逢好死的强人,就睁着眼骂起我来。骂的人那绝情绝义,我怎来的,没我说处? 改变了心,教他明日现报了我的眼! 我不说的,乔小妗子出来,还有乔老头子的些气儿。

你家的失迷了家乡，还不知是谁家的种儿哩！人便图往来，扳亲家耍子儿，教他人拿我惹气，骂我，管我屄事！多大的孩子，一个怀抱的尿泡种子，平白子扳亲家，有钱没处施展的，争破卧单没的盖，狗咬尿脬空喜欢。如今做湿亲家还好，到明日休要做了干亲家方难。吹杀灯，挤眼儿，后来的事，看不见的勾当。做亲时人家好，过后三年五载方了的，才一个儿！"玉楼道："如今人亿贼了，不干这个营生。论起来也还早哩。才养的孩子，割什么衫襟？无过只是图往来，扳陪着耍子儿罢了！"金莲道："你的便浪撅着图扳亲家耍子，平白教贼不合钮的强人骂我！我养虾蟆得水蛊儿病，着什么来由来？"玉楼道："谁教你说话不着个头顶儿就说出来。他不骂你骂狗？"金莲道："我不好说的。他不是房里，是大老婆？就是乔家孩子，是房里生的，还有乔老头子的些气儿。你家失迷家乡，还不知是谁家的种儿哩！"玉楼听了，一声儿没言语。坐了一回，金莲归房去了。……且说潘金莲到房中，使性子，没好气。明知西门庆在李瓶儿这边，一径因秋菊开的门迟了，进门就打两个耳刮子。高声骂道："贼淫妇奴才，怎的叫了恁一日不开？你做什么来折儿？我且不和你答话。"于是走到屋里坐下。春梅走来磕头递茶。妇人问他："贼奴才，他在屋里做什么来？"春梅道："在院子里坐着来。你叫了我那等催他还不理。"妇人道："我知道他和我两个殴业，党太尉吃匾食，他也学人照样儿行事，欺负我！"待要打他，又恐西门庆在那屋里听见；不言语，心中又气。一面卸了浓妆，春梅与他搭了铺，上床就睡了。

到次日，西门庆衙门中去了。妇人把秋菊教他顶着大块柱石跪在院子里。跪的他梳了头，教春梅扯了他裤子，拿大板子要打他。那春梅道："好干净的奴才，教我扯裤子，倒没的污浊了我的手！"走到前边，旋叫了画童儿小厮，扯去秋菊底衣。妇人打着他,骂道:"贼奴才淫妇,你从几时就恁大来!别人兴你,我却不兴你。姐姐,你知我见的,将就脓着些儿罢了。平白撑着头儿,逞什么强!姐姐,你休要倚着。我到明日,洗着两个眼儿看着你哩!"一面骂着又打,打了大骂。打的秋菊杀猪也似叫。李瓶儿那边才起来,正看着奶子官哥儿打发睡着了,又唬醒了。明明白白听见金莲这边打丫鬟,骂的言语儿妨头,闻一声儿不言语,唬的只把官哥儿耳朵握着。一面使绣春:"去对你五娘说,休打秋菊罢。哥儿才吃了些奶睡着了。"金莲听了,越发打的秋菊狠了。骂道:"贼奴才!你身上打着一万把刀子,这等叫饶!我是恁性儿,你越叫,我越打!莫不为你拉断了路行人?人家打丫头,也来看着?你好姐姐,对汉子说,把我别变了罢!"李瓶儿这边分明听见指骂的是他,把两只手气的冰冷,忍气吞声,敢怒而不敢言。早辰茶水也没吃,搂着官哥儿在炕上就睡着了。

　　——《金瓶梅》第四十一回《西门庆与乔大户结亲　潘金莲共李瓶儿斗气》

　　西门庆回来,陪侍蔡御史,解去冠带,请去卷棚内后坐。因分付把乐人都打发散去,只留下戏子。西门庆令左右重新安放桌席,摆设珍馐果品上来,二人饮酒。蔡御史道:"今日陪我这宋年兄坐,便僭了。又和管待盛库酒器,何以克当!"西门庆笑道:"微物惶恐,表意而已。"因问道:"宋公祖尊号?"蔡御史道:"号松原,松树之松,原泉之原。"又说起:"头里他再三不来。被我学生因称道四泉盛德,与老先生那边相熟,他才来。他也知府上与云峰有亲。"西门庆道:"想必翟亲家有一言于彼。我观宋公为人,有些跷蹊。"蔡御史道:"他虽故是江西人,倒也没甚跷蹊处。只是今日初会,怎不做些模样?"说毕,笑了。西门庆便道:"今日晚了,老先生不回舡上去罢了。"蔡御史道:"我明早就要开舡长行。"西门庆道:"请不弃在舍留宿一宵,明日学生长亭送饯。"蔡御史道:"过蒙爱厚。"因分付手下人:"都回门外去罢,明日来接。"众人都应诺去了,只留下两个家人伺候。西门庆见手下人都去了,走下席来,来叫玳安儿,附耳低言,如此这般,分付:"即去院中,坐名叫了董娇儿、韩金钏儿两个,打后门里,用轿子抬了来,休交一人知道。"那玳安一面应诺去了。

......

正唱着,只见玳安走来请西门庆下边说话。玳安道:"叫了董娇儿、韩金钏儿打后门来了,在娘房里坐着哩。"西门庆道:"你分付把轿子抬过一边才好。"玳安道:"抬过一边了。"这西门庆走至上房,两个唱的向前磕了头。西门庆道:"今日请你两个来,晚夕在山子下扶侍你蔡老爹。他如今见在巡按御史,你不可怠慢了他。用心扶侍他,我另酬答你两个。"那韩金钏儿笑道:"爹不消分付,俺每知道。"西门庆因戏道:"他南人的营生,好的是南风。你每休要扭手扭脚的。"董娇儿道:"娘在这里听着,爹你老人家羊角葱靠南墙,越发老辣已定了。王府门首磕了头,俺们不吃这井里水了。"这西门庆笑的往前边来。走到仪门首,只见来保和陈经济拿着揭帖走来与西门庆看。说道:"刚才乔亲家爹说,趁着蔡老爹这回闲,爹倒把这件事对蔡老爹说了罢,只怕明日起身忙了,交姐夫写了俺两个名字在此。"西门庆道:"你跟了来。"那来保跟到卷棚槅子外边跪着。

西门庆饮酒中间,因提起:"有一事在此,不敢干渎。"蔡御史道:"四泉有甚事,只顾分付,学生无不领命。"西门庆道:"去岁因舍亲那边,在边上纳过些粮草,坐派了有些盐引,正派在贵治扬州支盐。只是望乞到那里青目青目,早些支放,就是爱厚。"因把揭帖递上去。蔡御史看了,上面写着:"商人来保、崔本,旧派淮盐三万引,乞到日早掣。"蔡御史看了笑道:"这个甚么打紧。"一面把来保叫至近前跪下,分付:"与你蔡爷磕头。"蔡御史道:"我到扬州,你等径来察院见我,我比别的商人早掣取你盐一个月。"西门庆道:"老先生下顾,早放十日就勾了。"蔡御史把原帖就袖在袖内。一面书童旁边斟上酒,子弟又唱《下山虎》。

　　——《金瓶梅》第四十九回《西门庆迎请宋巡按　永福寺饯行遇胡僧》

明清短篇小说的繁荣

　　明清两代,短篇小说在经过了唐传奇、宋话本的兴盛之后,无论是后起的白话,还是早兴的文言,再次迎来了发展的春天。标志是以"三言""二拍"为代表的明代白话短篇小说和以蒲松龄《聊斋志异》、纪昀《阅微草堂笔记》为代表的清代文言短篇小说的问世。

"三言""二拍"看市井

明代中后期，文人开始介入白话短篇小说的搜集、整理、改编、创作以及印行与传播，以"三言""二拍"为代表的一批文人模仿话本形式编写的白话短篇小说集的问世，标志着明代白话短篇小说繁荣期的到来。文人的介入，使小说创作越来越趋于规范成熟。究其繁盛的原因，与政治、经济、哲学乃至文学思潮等不无关系。

"三言"指的是冯梦龙编纂的《喻世明言》《警世通言》《醒世恒言》三部白话短篇小说集。每部收录作品四十篇，共计一百二十篇。"二拍"指的是凌濛初编撰的《拍案惊奇》和《二刻拍案惊奇》。两书各四十篇。除却重复、亡佚的两篇，"二拍"实际上只有七十八篇。

"三言"中的小说故事大多原出自他人作品，有前代六朝志怪、唐宋传奇、宋元话本及野史笔记，也有出自本朝的文言小说、野史笔记及通俗类书等，还有改编自戏曲的，只有少量的篇目属于冯梦龙自创。"二拍"中的故事虽然也多有所本，但故事本事大抵非常简略，所有篇目都经过了凌濛初本人的再创作。相比冯氏之作，凌氏的独创性更强。不过，两人的作品都具有鲜明的晚明气息。

"三言""二拍"主要以普通市民以及他们的生活为描写对象，他们中有商人、船主、渔夫、铁匠、木匠、织绸匠、装裱匠、手工场主、酒店老板、卖油小贩等各色人等，虽然也有帝王将相、先圣遗贤以及才子佳人，但其中反映的思想内涵却仍然是市民阶层的，可以说，"三言""二拍"不同程度地展示了当时中国市民阶层的生活面貌与思想情感。

作品中，数量最多，思想成就、艺术成就最高的是那些描写男女情爱婚恋的篇章，它们从不同侧面反映了当时市民的爱情婚姻观念。如《蒋兴哥重会珍珠衫》，男主人公蒋兴哥在得知妻子有外遇的情况后，不是惩罚妻子，而是反省自己，认为妻子之所以红杏出墙，是自己长期在外经商冷落妻子所致，妻子失贞，自己也有责任过错在内。这种观念在此前作品中是很少见的。

有些篇章还表现了对男女情欲性爱的肯定和支持。如《吴衙内邻舟赴约》，男主人公与女主人公均为官宦人家的儿女，但是他们的行为，却早已没有了往昔作品中那种矜持、缠绵、欲说还休的意味情感，代之而起的则是赤裸裸的情欲追求，相爱的两人一见面，没有嘘寒问暖，没有细诉相思况味，反而是直接松领扣，宽衣带，立马成其云雨之欢，以致连舱门也来不及关上。这种迫不及待的情爱性欲描写，恰是市民色彩浓厚的突出表现。

有些篇章，甚至还将爱情上升到对品质、人格及尊严的追求高度上。如《卖油郎独占花魁》，秦重只是一个走街串巷、挑着担子卖油的货郎而已，就是这样的一个小人物，却赢取了青楼花魁娘子莘瑶琴的青睐、倾心。他能最终抱得美人归，最根本的原因就是他把莘瑶琴当作独立的、有尊严的生命个体来看待，莘瑶琴由原来的不甚满意，到后来的真心相爱，也是看到了秦重对她的尊重、体贴，从而上升到两人互相尊重的理想爱情境界。《杜十娘怒沉百宝箱》中，以迎来送往为业的青楼妓女杜十娘，为维护自己人格与爱情的尊严，最后怀抱宝匣投水而亡，付出了生命的代价，更是可钦可叹！这些也是以往文学作品中所没有的。

而且，它们不仅有着区别于传统的性爱观念和情爱观念，一些篇章在构思、叙事上也是匠心独具。《蒋兴哥重会珍珠衫》中的"珍珠衫"与《杜十娘怒沉百宝箱》中的"百宝箱"，都是很经典的设置。

以《杜十娘怒沉百宝箱》为例，"百宝箱"的设置是全文很精彩的一笔。首先，是它的隐喻、象征意味十分浓厚："百宝箱"既是金钱财富的象征，也是杜十娘高贵品格的象征，"百宝箱"最终河底沉埋，象征着杜十娘本人的明珠暗投。"百宝箱"与杜十娘有着互为象喻的对应关系。

其次，从叙事角度来看，"百宝箱"也是推动故事情节发展的一条隐线。它在文中几乎一直是以一种若隐若现的方式出现。第一次，杜十娘给李甲的赎身之资，似乎就是从中拿出，但它并没有明确出现。这笔钱使得杜十娘从良的愿望成为可能。第二次，杜十娘脱离妓院时，好姊妹送给她的描金文具正是"百宝箱"。虽然它已正式亮相，但里面究竟有何物，我们不得而知。这个未知的百宝箱，似乎也象征、隐喻着杜十娘前途未卜的命运。第三次，是杜十娘给李甲开箱取出的五十两路费。虽然百宝箱是当着李甲的面被打开的，但里面到底是什么，李甲与读者还是一无所知。而这笔银子，使得李甲喜乐开怀，于是有了二人的宴饮欢歌，以致杜十娘的美丽容貌被孙富看见，最终导致了杜十娘悲剧命运的发生。第四次，杜十娘当众打开百宝箱，向孙富、李甲及众人展示其中的奇珍异宝，并袒露自己的良苦用心，最后杜十娘抱匣投江，直接把故事推向了高潮和结局。杜十娘的艺术形象至此亦随之完成。

"三言""二拍"中另一个重要内容题材是对商人生活的反映。"重农抑商"的传统观念，在我国古代一直存在着，"士农工商"，"商"为四民之末，居于社会底端。但是到了晚明，这种观念已经开始受到了挑战，人们不再"羞于言利"，"好货好利"的思想观念弥漫在"三言"尤其是"二拍"之中。

"三言"中的商人大都本分忠厚，待人诚恳，生意场上全凭自己的辛苦劳作与合理经营而获利，如《卖油郎独占花魁》中的秦重，因为他卖油时以诚信待人，做到了童叟无欺，所以才使得众人纷纷只想买他的油，从而也使他的卖油生意日渐兴隆。《施润泽滩阙遇友》中，正是因为施复夫妇"妻络夫织"的辛勤纺织，才使家庭日渐殷实。而在"二拍"中，这些重义守信、温柔敦厚的为商原则已经基本不见，代之而起的却是"挟一缗而起巨万"的充满着奇异趣味与冒险精神的追利逐富经验，个人财富的获得与勤劳能干、聪慧才智无多大关系，反而主要靠冒险、运气来取得。最典型的莫过于"二拍"中的《转运汉遇巧洞庭红　波斯胡指破鼍龙壳》与《叠居奇程客得助　三救厄海神显灵》。

二作中，均透露出了浓厚的重商意识。在这里，个人社会地位的高低、人生价值的体现，直接与金钱、利益挂钩。财多者，身高而位尊；财少者，身低而位贱。高低尊卑只看钱财多寡。传统的士农工商排行，到这里来了一次重新大洗牌，甚至商人由原来的四民之末,一变而为四民之首,成了龙头老大。如《叠居奇》中说徽州风俗人情:"徽州风俗,以商贾为第一等生业,科第反在次着。……徽人因是专重那做商的,所以凡是商人归家,外而宗族朋友,内而妻妾家属,只看你所得归来的利息多少为重轻。得利多的,尽皆爱敬趋奉;得利少的,尽皆轻薄鄙笑。犹如读书求名的中与不中归来的光景一般。""多金即位尊"的重商价值观念,在《转运汉》中也有相同的体现:"元来波斯胡以利为重,只看货单上有奇珍异宝值得上万者,就送在先席。余者看货轻重,挨次坐去,不论年纪,不论尊卑,一向做下的规矩。"故事中的文实,并不知道自己手握宝物,仍当自己是最穷的那一个,所以初始拣座入位的时候,他满面羞惭地坐了末位。而当波斯胡发现文实有鼍龙壳宝物时,文的尴尬处境立马改变,稳坐富豪榜上"第一把交椅"。这种重利的观念,赤裸裸地摆在读者面前,毫不做作掩饰。

　　另外需要注意的一点是,主人公的发财致富经历,曲折离奇,充满了冒险、奇遇。如《转运汉》中的文实,他的致富经历简直就是世人幻想一朝暴富的白日梦,"从来稀有,亘古新闻"。文中的文实,前番经商,总是本钱一空,全部以失败而告终,而且还经常连累搭伴的伙计,以致人送绰号"倒运汉"。时来运转,一次乘船泛海随众远游的海外经历,使他来了个穷富大逆转:贩些橘子"洞庭红",不过是为了路上解渴,连带感谢众人好意,没想到在吉零国却赚了一笔横财。借来的一两银竟换来了近千两利。命运真是神奇!更奇的是在后面。无人岛上,文实独自闲逛,却得到了个千年鼍龙壳,被波斯胡以五万两银子的高价买走。真是富贵从天而降,不费一文一厘。故事至此已是离奇至极,更令人想不到的是,这个鼍龙壳内藏有玄机——原来这个鼍龙壳的二十四个肋节中间都藏有一颗大的夜明珠,鼍龙壳不值钱,这些夜明珠才是无价之宝。也就是说,除了文实卖了的一个夜明珠,还有二十三个夜明珠在壳内,那它的价值也就可想而知了。看来文实的五万两银子犹是得少了。

"三言""二拍"题材广泛,内容复杂。除上述两个主要题材内容外,还有对官场、科场、儒林、家庭、江湖、宗教等方面的描写,对社会的道德沦丧、官场的腐败及科举的黑暗等方面都有一定的关注与批判。不过,就对时代的紧密度来讲,当属前述两个题材最为鲜明。

谈鬼说狐看《聊斋》

　　蒲松龄《聊斋志异》的问世,标志着清代文言短篇小说繁盛期的到来。

　　蒲松龄,山东淄博人。他自言出身于"累代书香"之家,但门第并不显贵,在他的父辈时代就已经家道中落。他本人热衷于功名,十九岁应童子试,在县、府、道的三级考试中连拔头筹。此后却屡屡败北。七十余年的生命历程中,有三十多年的时间是在同县名人毕际有家做塾师度过的。他一生贫困潦倒,全靠妻子的辛苦劳作与自己坐馆授徒来维持生计。

　　《聊斋志异》收录故事近五百篇。就写作体式来讲,其中既有记叙如同六朝志怪小说般简略的短章,也有如唐传奇般委婉曲折的长文,这种杂糅的情形也被清代大学者纪昀讥讽为"一书而兼二体"。书中的故事,主要出自作者的向壁虚构,也有作者的亲身经历和见闻,还有改编自前人小说和笔记以及亲朋好友提供的故事素材。他的个人经历,对他的创作影响很大。他自己称这本书是"孤愤之书"。故事内容虽多狐精鬼怪,但却反映了当时社会的政治、世风、民情及人们的精神风貌,尤其是蒲松龄本人的孤愤情感。

　　《聊斋》中,最为吸引人、最为人所称道的,无疑是那些发生在书生和狐妖、鬼魅、凡女及其他女性之间的情爱故事。如《阿宝》《婴宁》《娇娜》《连城》《青凤》等等,这些篇章可以指出很多来。它们虽属虚幻妄诞,但却寄托着作者最深沉的情感。蒲松龄长年在毕家坐馆,一年中仅有年节假日才能回去与家人小住几日，夫妻离多会少，书馆难免落寞寂寥，于是，作者便借这些幻设的情爱故事来抚慰自己孤独空虚的心灵，可以说，这些故事是对其现实生活缺憾的一种精神补偿。

这里要介绍的是在构思、叙事、塑造人物形象等方面都独具特色的《阿宝》。

《阿宝》讲的是书生孙子楚与阿宝的爱情故事。他们的故事可谓"一波四折"。孙子楚是广西名士，家庭贫寒，生有枝指，性格迂拙木讷，人称"孙痴"。阿宝是大商人的女儿，家庭条件富比王侯，人也长得十分美丽。众人怂恿丧妻的孙生去向阿宝求婚。阿宝并不喜欢孙子楚，所以戏言说，如果孙生去掉他的枝指，她就嫁给他。结果孙生就用斧头砍去了自己的枝指。阿宝又戏言让他去掉他的痴病才行。孙子楚认为自己没有痴病，又想阿宝未必美若天仙，渐渐就打消了这个念头。这是故事的第一波折。清明节出游，孙子楚见到阿宝"娟丽无双"，不忍分开，便魂魄出窍随着阿宝走了。亏有巫师招魂归家，孙子楚才免于一死。这是第二波折。孙生于浴佛节见阿宝后，回家再次失魂落魄，这次却是灵魂借助于鹦鹉的尸体飞到了阿宝的身边，这是第三波折。二人喜结良缘后，孙子楚忽然患病死去，阿宝也誓死相随。冥王感阿宝节义，令孙子楚还阳再生，并且阴差阳错还考取了进士。这是第四波折。切指、离魂、附魂，生而死，又死而复生，复生又考取功名，整个情节构思奇特，故事叙述委曲迂回、频生波澜，蒲松龄实在是造故事的好手。

孙子楚与阿宝的形象塑造，也颇具特色。孙子楚不仅为人有痴性，对阿宝也很痴情。为了阿宝，竟然"以斧自断其指"；爱恋阿宝，又"魂随阿宝"、灵魂依附鹦鹉尸体飞见阿宝，对爱情是如此痴迷执着。这是古典小说中少有的男性形象。以往的离魂故事，大多是女性为了爱情而离魂，如刘义庆《幽明录·庞阿》中的石氏女、陈玄祐《离魂记》中的张倩娘、李亢《独异志·韦隐》中的韦隐妻子等等；男性为爱而离魂，又附尸离魂者，孙子楚是独特的"这一个"。至于阿宝，身为富家女的她，起初对孙生是没有感情的，所以当孙求婚时，她会"笑言"，让他去"枝指""去其痴"。当孙生第一次离魂时，她的感情有了变化，"阴感其情之深"，内心已经为孙生的痴情所感动；到孙生附魂于鹦鹉时，她的情感已经完全为孙生的痴情所征服，"君能复为人，当誓死相从"；最后，孙生患糖尿病而死，她又自经相随，被婢女救活，仍然绝食以明志。在这几番波折的故事中，作者写出了她内心情感的发展变化。

《聊斋志异》的另一个重要主题就是揭露科举制度的腐败与黑暗。科场不顺、功名无望的现实人生经历，使蒲松龄在精神上饱受折磨，于是，他把满腔孤愤倾注在自己的文学创作中，写出了像《叶生》《司文郎》《于去恶》《贾奉雉》这样的篇章。文中的主人公如蒲松龄本人一样，虽然都是文章辞赋冠绝当时，但是在科举考试中，却是毫无例外地屡屡受挫。铩羽而归、屡试不授的原因不外乎两种，一是考试官眼瞎，不辨人才；二是考试官贪财，唯"财"是举。

以《司文郎》为例。平阳王生与登州宋生，都是才华横溢的文人士子。余杭生才力则远不如二人。有个身有特异功能的盲和尚，凭借嗅觉便能从烧成灰烬的文章中闻出好坏来。他在闻过王生的文章余灰时，气息顺畅，很是舒服受用，所以认为王生的文章近似大家手笔，中举完全没问题。再闻余杭生的文章余灰，则是连连咳嗽，呼吸不畅，所以认为余杭生的文章实在不好，让他难以下咽，只能勉强到胸膈，再闻，就要呕吐了。而考试的结果却与盲和尚的判断恰恰相反：王生落第，余杭生高中。蒲松龄在文中指出，造成这种结果的原因就在于"目鼻并盲"的"帘中人"也就是盲试官的存在。

考试官的文章如何呢？作者安排了一个情节，让盲和尚来闻，结果更是"不堪一闻"，以致盲和尚的鼻子、肚子都受到了强烈的刺激，连膀胱里也容不下，直接从肛门中放出来了。

这里，作者用巧妙的构思、辛辣尖刻的讽刺，批判了考试官的有眼无珠、昏庸糊涂。有这样的考试官存在，又怎能使怀才者有遇、怀才者不愤呢?!《贾奉雉》中，贾奉雉把一些"繁冗泛滥不可告人之句连缀成文"，竟然高中经魁，而锦绣灿烂之文却难入考试官法眼，原因也在于"帘内诸官"的有眼无珠。《于去恶》中，于去恶在阴间科场失利的主要原因就在于试官是眼盲贪财的"乐正师旷、司库和峤"之流。《叶生》中，叶生虽一再强调功名本就是命运使然，但黄钟长弃，未尝不是考试官昏庸贪财之故。

可以说，这些悲情主人公都带有作者的影子。作者既是在为各位主人公的遭际鸣不平，也是在抒写自己怀才不遇的悲愤。故事里注入了作者强烈的个人色彩和主观情绪，寄托了作者无奈、悲凉的身世感慨！

需要注意的是，《聊斋》中批判科举，主要还是批判科举制度的执行者——考试官，考试官的眼盲心昧直接导致了书生文士的科场蹭蹬、怀才不遇，而对于八股取士的科举制度本身，书中倒是少有异议。

《聊斋》中，还有一个重要的主题，就是刺官刺虐，对腐败政治、黑暗吏治的鞭挞，对"今日官宰半强寇"现实的无情揭露。蒲松龄虽然位卑家贫，但这并不妨碍他关心民生疾苦的热心肠，所以对于官吏贪赃枉法、残杀无辜的丑恶行径，也多付诸笔端给予揭露批判。这些篇章有《席方平》《成仙》《梦狼》《三生》《公孙夏》《促织》《红玉》等篇。

以《席方平》为例。席方平的父亲与富人羊某有嫌隙。羊某死后，在冥间贿赂官员，致使席方平父亲被毒打致死。

席方平不忿,绝食而亡,魂魄来到阴间为父申诉冤情。但是,从吏役、城隍、郡司到冥王,各级官吏官官相护,上下勾结,他们贪赃枉法,施虐无辜,尤其是冥间执法的最高官吏冥王,他的贪暴狠毒更甚于其他官吏。在他审问席方平时,于案情不置一词便"命笞二十",先打了席方平二十板子。席方平"受笞允当,谁教我无钱耶"的一声高喊,更是刺激了他的神经,使他恼羞成怒,对席方平施加了火床酷刑。火床酷刑的惨烈不亚于商纣王的炮烙之刑。但是,冥王的淫威虐刑并未能使席方平屈服。"大冤未伸,寸心不死""必讼"的坚定意志,使得冥王再次发怒,又对席方平施加"锯刑","命以锯解其体"。在残酷的刑罚下,席方平恐怕再遭酷毒,才假意答应不再兴讼。冥王猜测出了席方平没有悔改的心思,威逼不行,又用利诱,答应雪其父冤,并许他"千金之产、期颐之寿"。在金钱的驱使下,冥王作为冥间法律的最高制定者、执行者,司法断案却是软硬兼施,玩弄权术与手段,翻手为云覆手为雨,完全置法律于不顾。最高统治者尚且如此,其余大小官吏,羊狠狼贪,为非作歹,也就不在话下了。两番酷刑,使席方平有"阴曹之暗昧尤甚于阳间"之叹,这暗昧昏昏的阴间官场,实际上也是阳世官场的真实写照。而小说最后,来伸张正义的二郎神的判词,也可以视作是作者讨伐官场黑暗的一篇檄文。

本文在叙事上也颇有特色。席方平为申父冤,由生而死,至阴曹地府告状;雪冤未果,冥王玩弄权术,使席方平投胎转世,重生为人;但席方平愤恨难消,三日自戕而亡。魂魄遇秉公执法的二郎神,席方平又还阳为人。生而死,死而生,生而又死,死而又生,叙事颇为曲折怪诞。同时,在奇诡的叙事中,还塑造了性格鲜明的艺术形象。席方平生生死死不忘诉冤的坚强执着,也是古代文学作品中少有的。

"志怪"绝响《阅微草堂》

　　蒲松龄《聊斋志异》问世以后，引起不少作者竞相效仿，于是便产生了一批被称为"聊斋体"的文言短篇小说。纪昀不满《聊斋志异》"一书而兼二体"，自创《阅微草堂笔记》与之抗衡。这本书的问世，打破了当时文坛"聊斋体"一统天下的局面。另外，也引起了不少作者的追随效仿，于是又产生了一批"阅微系列"的文言短篇小说。此后，两类不同风格的文言小说，互相争胜，并行于世。

　　纪昀，河北献县人，学识渊博，长于考辨。《阅微草堂笔记》是纪昀在晚年时期创作的一部追录过往见闻的笔记体小说，包括五种作品：《滦阳消夏录》《如是我闻》《槐西杂志》《姑妄听之》《滦阳续录》。他的门人盛时彦将五种作品合刊，题名为《阅微草堂笔记五种》，遂通称为《阅微草堂笔记》。

　　《阅微草堂笔记》的撰写，与纪昀的小说观念有很大关系。他在创作中崇尚故事的真实性，而反对荒诞虚构，他认为既然小说是记叙见闻的，属于叙事，所以不能如戏场关目一样。他的作品有意追摹六朝志怪小说的创作传统，尚质黜华，篇幅短小，叙事简略，不追求想象虚构、叙述婉转与文辞华艳。同时，他还要求小说典雅纯正，具有"寓劝戒、广见闻、资考证"的功用。

　　纪昀在朝廷为官几十年，历经宦海浮沉，对当时的官场内情十分熟悉，所以在书中多有对那些官宦吏胥的贪赃枉法、尔虞我诈、圆滑世故等无耻行径的揭露。如《滦阳消夏录》卷一"史松涛先生"条，叙述一个被当官主子打死的仆役，附魂于婢女身上揭露主人"高爵厚禄",却"卖官鬻爵,积金至巨万",又"窃弄权柄""颠倒是非,出入生死"的玩弄权柄、徇私舞弊的丑行。同书卷六"戴东原"条,借"鬼隐"之口道出了官场尔虞我诈、勾心斗角的险恶。这名鬼隐士,在阳世为官时,厌恶官场的互相倾轧,选择了罢官回家。死后还特意向阎罗王祈祷,不再轮回人世。阎罗王让他在阴间为官,结果是,"不虞幽冥之中,相攘相轧,亦复如此,又弃职归墓"。阴间官场与阳世一样充满排挤倾轧。于是最终选择离群索居,独处崖洞间,做了名"鬼隐"。官场的污浊险恶,竟然使人失去了生存空间,甚至几乎逃无所逃,避无所避!同书卷六"宏恩寺僧明心"条又揭露了吏、役、官员的亲属及仆役这四类人依附于官员,狐假虎威,只知牟利,致使他人倾家荡产的劣迹。

除官场批判外,作者还对伪道学、伪信徒进行了讽刺批判。如《滦阳消夏录》卷四"有两塾师"条,说这两个老先生平常都以道学家自居,一天,正在和生徒们讲性命天理,义正辞严,突然上空飘下张纸来,原来是二人暗地里谋夺一名寡妇田产的密信。《滦阳消夏录》卷三"己卯七月"条,叙述一个和尚为骗一餐之饭而说谎骗人为世外高僧的事。《如是我闻》卷七"京师某观"条,借狐狸之口,揭穿了道士拿斋醮之钱送给私通女子买媚药的真相。

《阅微草堂笔记》的题材涵盖广泛,除上述几方面外,还有民俗风情、异域风光、乡里见闻、轶事掌故、典章名物、医卜星相等等。这里要介绍的是与纪昀小说观念及小说创作实践紧密相关的两篇短文:《滦阳消夏录》卷四"姚安公未第"条与同书卷五"乌鲁木齐把总"条。

"姚安公未第"主要阐述纪昀有关扶乩的评断。全文一无故事情节,二无人物形象塑造,三无作者的情感渗入。所以严格意义上讲,这篇并不是小说。但它却包含着丰富的文化信息,对了解作者纪昀及当时文人的鬼神观念有着重要的意义。另外,从中也可窥探出扶乩这一民俗在纪昀小说创作中的影响。

扶乩,也有称为扶箕、扶鸾、乩占、卜紫姑的,名称很多。它是古代的一种占卜方式,是求神降示以决疑窦的一种迷信活动。扶乩是个有趣的民俗现象,操作过程本身及整个阐释活动都很奇特,也是个有价值的文化研究课题。具体操作方式略有差异,一般来讲,用两根小木棒制成丁字形的乩笔,将乩笔放在沙盘上,由两个人各扶一端,依法请神降临附身,这时乩笔会在沙盘上画出文字。然后扶乩人会根据神示的文字来解决疑惑。当时的人们对此颇有真诚相信的。

这个故事可分两个部分。第一部分,讲述纪昀父亲姚安公和扶乩有关的故事。第二部分,讲述自己与从兄坦居与扶乩的故事。两部分中都夹杂着纪昀本人对扶乩的认识与看法。纪昀认为"扶乩,则确有所凭附",也就是说扶乩是真实可信的,是凭借"能文的灵鬼"操作的,至于说是具体某个神仙或某代的某个人降神附身则是多不可信。而且和扶乩本人的素质修养也有很大关系,扶乩人擅长诗作,则乩仙所作的诗就优秀;扶乩人善书法,则乩仙所作的书法也就不错。这体现了他对扶乩的矛盾认识,既认为它可信,又认为它凭人而灵,与鬼神无关。

在纪昀的《阅微草堂笔记》里,涉及扶乩的篇目相当多,这是研究这一现象的难得文献。但里面的观念充斥着矛盾,当他用来进行道德说教时,扶乩是真实可信的;当涉及文人消闲活动时,他又持一种娱乐赏玩的态度,就像他说的,"把它当作看戏一样,不必当真,而用它来占卜吉凶,则更要小心谨慎"。

前面说过,纪昀创作小说是排斥虚构的,认为小说要讲求故事的真实性,不能"随意装点",但他在具体的创作实践中,有些故事已经背离了这个观念原则。如《滦阳消夏录》卷五"乌鲁木齐把总"条。

这个故事讲述一个军官蔡良栋在天山巡逻时,看见有军官模样的人带领士卒在审讯六个美丽的女子,情状十分悲惨。至于女子犯了什么错,军官、士卒又是什么样的人,都一无所知。第二天,蔡良栋带领手下再来探寻时,却什么也没有发现。

首先要说的是,这个故事本身是虚构的,并不是真实的人生经历。虽然作者开篇就说这个故事是听乌鲁木齐把总蔡良栋说的,而且这个故事还是蔡良栋亲身经历的,但是读者读来一目了然,这么奇诡的故事,不可能是真的。"听某某人说",或者"某某听某某说",是纪昀小说中常见的一个叙事套路。这种叙述方法,意图强调实录,但从本篇看出,仅凭此点并不能证实故事叙述的可靠性与真实性。

从叙事角度来讲,这个故事颇为曲折宛转。蔡良栋巡山,在人迹罕至的南山深处,竟然撞见有军官士卒模样的人存在,已经属于一奇了。而军官下令士卒从山洞中喊出六个美丽女子,并且剥去衣裳用鞭抽打,则又属一奇。第二天蔡良栋带领众人找寻旧踪,却见"洞口尘封",而洞中幽深曲折,不见一丝痕迹,更添一奇。奇特的故事本身已经充满了神奇味道,而一无所见的访异结果,又为这个奇异的故事增添了一分神秘色彩。

《阅微草堂笔记》中似此结构完整、叙述委婉曲折的篇章只是少数,大多数只是如六朝志怪般叙事简略的短文,不讲求故事的曲折离奇与想象的丰富,"乌鲁木齐把总"条只是少数中的一个异数而已。

原典选读

　　时已四鼓，十娘即起身挑灯梳洗道："今日之妆，乃迎新送旧，非比寻常。"于是脂粉香泽，用意修饰，花钿绣袄，极其华艳，香风拂拂，光采照人。装束方完，天色已晓。

　　孙富差家童到船头候信。十娘微窥公子，欣欣似有喜色，乃催公子快去回话，及早兑足银子。公子亲到孙富船中，回复依允。孙富道："兑银易事，须得丽人妆台为信。"公子又回复了十娘，十娘即指描金文具道："可便抬去。"孙富喜甚。即将白银一千两，送到公子船中。十娘亲自检看，足色足数，分毫无爽，乃手把船舷，以手招孙富。孙富一见，魂不附体。十娘启朱唇，开皓齿道："方才箱子可暂发来，内有李郎路引一纸，可检还之也。"孙富视十娘已为瓮中之鳖，即命家童送那描金文具，安放船头之上。十娘取钥开锁，内皆抽屉小箱。十娘叫公子抽第一层来看，只见翠羽明珰，瑶簪宝珥，充牣于中，约值数百金。十娘遽投之江中。李甲与孙富及两船之人，无不惊诧。又命公子再抽一箱，乃玉箫金管；又抽一箱，尽古玉紫金玩器，约值数千金。十娘尽投之于大江中。岸上之人，观者如堵。齐声道："可惜，可惜！"正不知什么缘故。最后又抽一箱，箱中复有一匣。开匣视之，夜明之珠约有盈把。其他祖母绿、猫儿眼，诸般异宝，目所未睹，莫能定其价之多少。众人齐声喝采，喧声如雷。十娘又欲投之于江。李甲不觉大悔，抱持十娘恸哭，那孙富也来劝解。

　　十娘推开公子在一边，向孙富骂道："我与李郎备尝艰苦，不是容易到此。汝以奸淫之意，巧为谗说，一旦破人姻缘，断人恩爱，乃我之仇人。我死而有知，必当诉之神明，尚妄想枕席之欢乎！"又对李甲道："妾风尘数年，私有所积，本为终身之计。自遇郎君，山盟海誓，白首不渝。前出都之际，

160

假托众姊妹相赠，箱中韫藏百宝，不下万金。将润色郎君之装，归见父母，或怜妾有心，收佐中馈，得终委托，生死无憾。谁知郎君相信不深，惑于浮议，中道见弃，负妾一片真心。今日当众目之前，开箱出视，使郎君知区区千金，未为难事。妾椟中有玉，恨郎眼内无珠。命之不辰，风尘困瘁，甫得脱离，又遭弃捐。今众人各有耳目，共作证明，妾不负郎君，郎君自负妾耳！"于是众人聚观者，无不流涕，都唾骂李公子负心薄倖。公子又羞又苦，且悔且泣，方欲向十娘谢罪。十娘抱持宝匣，向江心一跳。众人急呼捞救，但见云暗江心，波涛滚滚，杳无踪影。

——《警世通言》卷三十二《杜十娘怒沉百宝箱》

元来波斯胡以利为重，只看货单上有奇珍异宝值得上万者，就送在先席。余者看货轻重，挨次坐去，不论年纪，不论尊卑，一向做下的规矩。船上众人，货物贵的贱的，多的少的，你知我知，各自心照，差不多领了酒杯，各自坐了。单单剩得文若虚一个，呆呆站在那里。主人道："这位老客长不曾会面，想是新出海外的，置货不多了。"众人大家说道："这是我们好朋友，到海外耍去的。身边有银子，却不曾肯置货。今日没奈何，只得屈他在末席坐了。"文若虚满面羞惭，坐了末位。主人坐在横头。饮酒中间，这一个说道我有猫儿眼多少，那一个说我有祖母绿多少，你夸我逞。文若虚一发默默无言，自心里也微微有些懊悔道："我前日该听他们劝，置些货物来的是。今枉有几百银子在囊中，说不得一句说话。"又自叹了口气道："我原是一些本钱没有的，今已大幸，不可不知足。"自思自忖，无心发兴吃酒。众人却猜拳行令，吃得狼藉。主人是个积年，看出文若虚不快活的意思来，不好说破，虚劝了他几杯酒。众人都起身道："酒勾了，天晚了，趁早上船去，明日发货罢。"别了主人去了。

主人撤了酒席，收拾睡了。明日起个清早，先走到海岸船边来拜这伙客人。主人登舟，一眼瞅去，那舱里狼狼犹犹这件东西，早先看见了。吃了一惊道："这是那一位客人的宝货？昨日席上并不曾见说起，莫不是不要卖的？"众人都笑指道："此敝友文兄的宝货。"中有一人衬道："又是滞货。"主人看了文若虚一看，满面挣得通红，带了怒色，埋怨众人道："我与诸公相处多年，如何怎地作弄我？教我得罪于新客，把一个末座屈了他，是何道理！"一把扯住文若虚，对众客道："且慢发货，容我上岸谢过罪着。"众人不知其故。有几个与文若虚相知些的，又有几个喜事的，觉得有些古怪，共十余人赶了上来，重到店中，看是如何。只见主人拉了文若虚，把交椅整一整，不管众人好歹，纳他头一位坐下了，道："适间得罪得罪，且请坐一坐。"文若虚也心中糊涂，忖道："不信此物是宝贝，这等造化不成？"主人走了进去，须臾出来，又拱众人到先前吃酒去处，又早摆下几桌酒，为首一桌，比先更齐整。把盏向文若虚一揖，就对众人道："此公正该坐头一席。你每枉自一船的货，也还赶他不来。先前失敬失敬。"

——《初刻拍案惊奇》卷一《转运汉遇巧洞庭红　波斯胡指破鼍龙壳》

会值清明，俗于是日妇女出游，轻薄少年亦结队随行，恣其月旦。有同社数人强邀生去。或嘲之曰："莫欲一观可人否？"生亦知其戏己，然以受女揶揄故，亦思一见其人，忻然随众物色之。遥见有女子憩树下，恶少年环如墙堵。众曰："此必阿宝也。"趋之，果宝也。审谛之，娟丽无双。少倾人益稠。女起，遽去。众情颠倒，品头题足，纷纷若狂；生独默然。及众他适，回视生犹痴立故所，呼之不应。群曳之曰："魂随阿宝去耶？"亦不答。众以其素讷，故不为怪，或推之，或挽之以归。至家直上床卧，终日不起，冥如醉，唤之不醒。家人疑其失魂，招于旷野，莫能效。强拍问之，则蒙眬应云："我在阿宝家。"及细诘之，又默不语，家人惶惑莫解。初，生见女去，意不忍舍，觉身已从之行，渐傍其衿带间，人无呵者。遂从女归，坐卧依之，夜辄与狎，甚相得。然觉腹中奇馁，思欲一返家门，而迷不知路。女每梦与人交，问其名，曰："我孙子楚也。"心异之，而不可以告人。生卧三日，气休休若将渐灭。家人大恐，托人婉告翁，欲一招魂其家。翁笑曰："平昔不相往还，何由遗魂吾家？"家人固哀之，翁始允。巫执故服、草荐以往。女诘得其故，骇极，不听他往，直导入室，任招呼而去。巫归至门，生榻上已呻。既醒，女室之香奁什具，何色何名，历言不爽。女闻之，益骇，阴感其情之深。

生既离床寝，坐立凝思，忽忽若忘。每伺察阿宝，希幸一再遘之。浴佛节，闻将降香水月寺，遂早旦往候道左，目眩睛劳。日涉午，女始至，自车中窥见生，以搴手搴帘，凝睇不转。生益动，尾从之。女忽命青衣来诘姓字。生殷勤自展，魂益摇。车去始归。归复病，冥然绝食，梦中辄呼宝名，每自恨魂不复灵。家旧养一鹦鹉，忽毙，小儿持弄于床。生自念：倘得身为鹦鹉，振翼可达女室。心方注想，身已翩然鹦鹉，遽飞而去，直达宝所。女喜而扑之，锁其肘，饲以麻子。大呼曰："姐姐勿锁！我孙子楚也！"女大骇，解其缚，亦不去。女祝曰："深情已篆中心。今已人禽异类，姻好何可复圆？"鸟云："得近芳泽，于愿已足。"他人饲之不食，女自饲之则食；女坐则集其膝，卧则依其床。如是三日，女甚怜之。阴使人瞯生，生则僵卧气绝已三日，但心头未冰耳。女又祝曰："君能复为人，当誓死相从。"鸟云："诳我！"女乃自矢。鸟侧目若有所思。少间，女束双弯，解履床下，鹦鹉骤下，衔履飞去。女急呼之，飞已远矣。

——《聊斋志异》卷二《阿宝》

163

　　既而场后,以文示宋,宋颇相许。偶与涉历殿阁,见一瞽僧坐廊下,设药卖医。宋讶曰:"此奇人也! 最能知文,不可不一请教。"因命归寓取文。遇余杭生,遂与俱来。王呼师而参之。僧疑其问医者,便诘症候。王具白请教之意,僧笑曰:"是谁多口? 无目何以论文?"王请以耳代目。僧曰:"三作两千余言,谁耐久听! 不如焚之,我视以鼻可也。"王从之。每焚一作,僧嗅而颔之曰:"君初法大家,虽未逼真,亦近似矣。我适受之以脾。"问:"可中否?"曰:"亦中得。"余杭生未深信,先以古大家文烧试之。僧再嗅曰:"妙哉! 此文我心受之矣,非归、胡何解办此!"生大骇,始焚己作。僧曰:"适领一艺,未窥全豹,何忽另易一人来也?"生托言:"朋友之作,止此一首;此乃小生作也。"僧嗅其余灰,咳逆数声,曰:"勿再投矣! 格格而不能下,强受之以膈,再焚则作恶矣。"生惭而退。

　　数日榜放,生竟领荐;王下第。生与王走告僧。僧叹曰:"仆虽盲于目,而不盲于鼻;帘中人并鼻盲矣。"俄余杭生至,意气发舒,曰:"盲和尚,汝亦啖人水角耶? 今竟何如?"僧曰:"我所论者文耳,不谋与君论命。君试寻诸试官之文,各取一首焚之,我便知孰为尔师。"生与王并搜之,止得八九人。生曰:"如有舛错,以何为罚?"僧愤曰:"剜我盲瞳去!"生焚之,每一首,都言非是;至第六篇,忽向壁大呕,下气如雷。众皆粲然。僧拭目向生曰:"此真汝师也! 初不知而骤嗅之,刺于鼻,棘于腹,膀胱所不能容,直自下部出矣!"生大怒,去,曰:"明日自见! 勿悔! 勿悔!"

　　越二三日竟不至;视之已移去矣。乃知即某门生也。

　　　　　　　　　　——《聊斋志异》卷八《司文郎》

　　席不肯入,遁赴冥府,诉郡邑之酷贪。冥王立拘质对。二官密遣心腹与席关说,许以千金。席不听。过数日,逆旅主人告曰:"君负气已甚,官府求和而执不从,今闻于王前各有函进,恐事殆矣。"席犹未信。俄有皂衣人唤入。升堂,见冥王有怒色,不容置词,命笞二十。席厉声问:"小人何罪?"冥王漠若不闻。席受笞,喊曰:"受笞允当,谁教我无钱也!"冥王益怒,命置火床。两鬼捽席下,见东墀有铁床,炽火其下,床面通赤。鬼脱席衣,掬置其上,反复揉捺之。痛极,骨肉焦黑,苦不得死。约一时许,鬼曰:"可矣。"遂扶起,促使下床着衣,犹幸跛而能行。复至堂上,冥王问:"敢再讼乎?"席曰:"大冤未伸,寸心不死,若言不讼,是欺王也。必讼!"王曰:"讼何词?"席曰:"身所受者,皆言之耳。"冥王又怒,命以锯解其体。二鬼拉去,见立木高八九尺许,有木板二仰置其下,上下凝血模糊。方将就缚,忽堂上大呼"席某",二鬼即复押回。冥王又问:"尚敢讼否?"答曰:"必讼!"冥王命捉去速解。既下,鬼乃以二板夹席缚木上。锯方下,觉顶脑渐辟,痛不可禁,顾亦忍而不号。闻鬼曰:"壮哉此汉!"锯隆隆然寻至胸下。又闻一鬼云:"此人大孝无辜,锯令稍偏,勿损其心。"遂觉锯锋曲折而下,其痛倍苦。俄顷半身辟矣;板解,两身俱仆。鬼上堂大声以报,堂上传呼,令合身来见。二鬼即推令复合,曳使行。席觉锯缝一道,痛欲复裂,半步而蹅。一鬼于腰间出丝带一条授之,曰:"赠此以报汝孝。"受而束之,一身顿健,殊无少苦。遂升堂而伏。冥王复问如前;席恐再罹酷毒,便答:"不讼矣。"冥王立命送还阳界。隶率出北门,指示归途,反身遂去。

席念阴曹之昧暗尤甚于阳间,奈无路可达帝听。世传灌口二郎为帝勋戚,其神聪明正直,诉之当有灵异。窃喜二隶已去,遂转身南向。

——《聊斋志异》卷十《席方平》

姚安公未第时,遇扶乩者,问有无功名。判曰:前程万里。又问登第当在何年,判曰:登第却须候一万年。意谓或

当由别途进身。及癸巳万寿恩秩登第，方悟万年之说。后官
云南姚安府知府，乞养归，遂未再出。并前程万里之说亦验。
大抵幻术多手法捷巧，惟扶乩一事，则确有所凭附。然皆灵
鬼之能文者耳。所称某神某仙，固属假托，即自称某代某人
者，叩以本集中诗文，亦多云年远忘记，不能答也。其扶乩之
人，遇能书者则书工，遇能诗者即诗工，遇全不能诗能书者，
则虽成篇而迟钝。余稍能诗而不能书，从兄坦居，能书而不
能诗。余扶乩则诗敏捷而书潦草，坦居扶乩则书清整而诗浅
率。余与坦居，实皆未容心。盖亦借人之精神，始能运动。
所谓鬼不自灵，待人而灵也。蓍龟本枯草朽甲，而能知吉凶，
亦待人而灵耳。

——《阅微草堂笔记》卷四《滦阳消夏录四》

乌鲁木齐把总蔡良栋言，此地初定时，尝巡瞭至南山深
处（乌鲁木齐在天山北，故呼曰"南山"）。日色薄暮，似见隔
涧有人影，疑为玛哈沁（额鲁特语谓"劫盗"曰"玛哈沁"，营伍
中袭其故名）。伏丛莽中密侦之，见一人戎装坐磐石上，数卒
侍立，貌皆狰狞，其语稍远不可辨，惟见指挥一卒自石洞中呼
六女子出，并姣丽白皙，所衣皆缯彩，各反缚其手，戢鬑俯首
跪，以次引至坐者前，褫下裳伏地鞭之流血，号呼凄惨，声彻
林谷，鞭讫径去。六女战栗跪送，望不见影，乃呜咽归洞。其
地一射可及，而涧深崖陡，无路可通，乃使弓力强者，攒射对
崖一树。有两矢著树上，用以为识。明日迂回数十里，寻至
其处，则洞口尘封，秉炬而入，曲折约深四丈许，绝无行迹。
不知昨所遇者何神，其所鞭者又何物，生平所见奇事，此为第
一，考太平广记载，老僧见天人追捕飞天野叉事，夜叉正是一
好女。蔡所见似亦其类欤。

——《阅微草堂笔记》卷五《滦阳消夏录五》

梦一样的"红楼"

　　《红楼梦》是中国古典小说的巅峰之作，在某种程度上，也可以说是中国传统文化的第一代表作。它的内涵丰厚无比，其中有觉悟，有忏悔，有苦闷，有批判，有留恋，有决绝，等等。它虽然属于叙事文学，但同时又颇具诗性特征。它把对生活、人生、生命的深刻领悟，以从容、自然的形式表现出来，让我们不自觉间进入了一个带有浓厚理想色彩的、兴象玲珑的文学世界，让我们在其中丰富自己的心灵，深化对人生的感受。可以说，它带给我们的是一场文化的、精神的盛宴。

诗情史笔《红楼梦》

在这一部分,我们用了"诗情史笔"来论说《红楼梦》。抒情的诗歌与叙事的小说,真实的历史与虚构的小说,这两对组合看起来似乎很矛盾,但却不无道理。为什么呢?

我们先来看《红楼梦》的"诗情"。

说到它的"诗情",大家必然会想到《红楼梦》里的诗词以及曲、赋、骈文等作品,如缠绵悱恻的《枉凝眉》,有着旷远情思的《红楼梦引子》,哀艳凄绝的《葬花词》等等,这些诗作或用来象征人物命运,或用来揭示人物性格,成为小说用来叙事、写人以及写景、抒情的有机组成部分,并与作品的整体氛围融合无间,也在一定程度上影响了全书诗化风格的形成。事实确实如此,但又不仅仅如此。

小说的诗情,它的诗化特征,更重要的是作品总体上情怀的诗化，使小说带有浓郁的理想主义色彩。

首先，从宏观上来看，《红楼梦》这部书用大量的诗性的笔墨写了荣华富贵，写了一个贵族家庭的钟鸣鼎食生活，以及它的文化积淀、文化修养等等。大观园里面，这些贵族少爷小姐们无一不在全身心地享受着优越的物质生活条件；大观园外面，荣国府、宁国府以及其他王公贵族们也都在那儿享受着富贵人生的大餐。而作者对这些场景的描绘，大多数是正面地、津津有味地、细致入微地写着他们的享受。他用诗意的笔墨，饶有兴味地描写了贵族大家庭的物质生活和精神生活的方方面面。从饮食、衣着、居所，到诗酒流连，既精致又有品位。如丝垂翠缕、葩吐丹霞的大观园，凤尾森森、龙吟细细的潇湘馆，疏朗阔大的秋爽斋，以及如雪洞般素净的蘅芜院，都有着诗化的格调。而大观园里的贵族少爷小姐们，也带有浓郁的诗化色彩。除了他们的容貌服饰外，他们的品格性情都是诗化的，如黛玉的风神飘逸，如湘云的浑朴烂漫，如香菱的纯洁天真。他们存在的本身就是一首诗。贵族少爷小姐们在这充满诗情画意的空间里演出的事件，同样洋溢着诗的情致。如秋爽斋偶结海棠社、栊翠庵茶品梅花雪、琉璃世界白雪红梅、脂粉香娃割腥啖膻、芦雪庵争联即景诗、憨湘云醉眠芍药裀，等等，这些场景无不洋溢着青春的诗情、动人的情怀。

其次，在荣华富贵的物质描写基础上，作者又以加倍的笔力描绘了大家族中的情意绵绵。这当然首先是少年男女之间的感情，这也是本书最打动年轻朋友的地方。小说开篇，作者就用浪漫的笔调，为我们构织了一个"木石前盟"的爱情理想。此后，他又以诗意的笔调，非常细致、非常微妙地写了男女间的情感活动。在这锦衣玉食、花团锦簇的"桃花源"里，"意绵绵静日玉生香"，描写的是两个孩童心中初萌爱意时的温馨与欢乐；

"西厢记妙词通戏语","潇湘馆春困发幽情","痴情女情重愈斟情","诉肺腑心迷活宝玉","情中情因情感妹妹",叙写的则是爱情滋生成长过程中的种种波折,有误会,有冲突,也有两心交会时的甜蜜与感动,或喜或怒,或临风洒泪,或对月长吁。这是一个既有诗意理想又有日常温情的情感世界,它寄托了作者对于爱情的最优美的理想。作者同时又写了真切深挚的天伦之爱。小说中多次描写了祖孙三代的同堂之欢,尤其是贾母对宝玉的疼爱,甚至是溺爱,更是作者所着意描写的。家族中其他成员之间的感情也写得很动人,如薛姨妈对薛宝钗,凤姐对宝玉。这些人、事、境以及情,一起构筑成了一个绮丽晶莹的世界,从而使小说带有浓郁的抒情色彩。

这些都是让读者羡慕的、留恋的。作品引导着读者不由地赞叹:"这真是一个美好的世界!"所以,有人称《红楼梦》为"诗的小说""一部叙事的诗";我们说它有诗性特征,有诗化风格,有浓郁的理想主义色彩与抒情意味。

可是,作者同时又在荣华富贵与情意绵绵中间插进了很多泼冷水的笔墨,时不时就有"煞风景"的描写,让"悲凉之雾"一阵阵弥散开来,笼罩在这片"华林"之上。

如第五回浓墨重彩地写出"红楼"的第一场"梦",兼有宝钗、黛玉之美的"可卿"在梦里的太虚幻境中与贾宝玉发生了一次性关系。仅仅隔了七回书,作者就安排了秦可卿莫名其妙地暴卒,而且让贾宝玉伤心乃至吐血。又隔了三回,在"贾元春才选凤藻宫",宁荣两府恩宠至极时,忽然又插入秦钟之死。"秦钟既死,宝玉痛哭不已。"宝玉和众姊妹进入大观园后,不久就有了"含耻辱情烈死金钏",并牵出来宝玉挨打的重头戏。后面又有尤三姐、尤二姐相继自杀,然后又一场重头戏到来,便是晴雯之死。在一定意义上,晴雯之死是黛玉之死的"预演"。后四十回,"死亡戏"的密度与"烈度"更是陡然增加。先是贾元春"薨逝",贾府失去了政治上的靠山。接下来是黛玉之死,这是泪尽继之以血的笔墨,即此一笔,后四十回便已可不朽。继而是贾母之死,以致支撑贾宝玉情感、精神的依靠全部崩塌。

无论是鲜花着锦的荣华富贵,还是依附在荣华富贵大家族上的重情尚性的唯美爱情与纯真美好的青春少女,也无论作者是如何地眷恋、惋惜,所有美好的这一切,最终都以悲剧收场。

不难看出,这些"死亡戏"的穿插是作者自觉的安排。

在故事开始的时候,就有一个总领全书的调子,那就是跛足道人的《好了歌》,以及甄士隐为之作的注解。这两段"主题曲"的主题拿跛足道人的话来说就是"好便是了,了便是好"。从作品看,这个"好",当然是指贵族之家富丽堂皇、使人羡慕的生活,包括物质层面的,也包括精神层面的;而这个"了",自然指的是"林花谢了春红,太匆匆"的无奈,是"落了片白茫茫大地真干净"的结局。可以说,小说在整个故事展开之前,就已经为作品定下了幻灭的调子,最后的家族衰亡悲剧无外乎是指向这个幻灭的价值预设而已。

但是,又不仅仅如此。其实际展示的意义远比这个丰富。清代二知道人《红楼梦说梦》说:"太史公记三十世家,曹雪芹只记一世家。……然雪芹记一世家能包括百千世家。"所谓"记一世家能包括百千世家",就是说它有高度的概括力和典型意义,作品正是在记"一世家"的衰亡中,道出了封建时代"百千世家"因道德沦丧而走向衰亡的普遍规律,也就是我们说的"史笔"。

在作品中可以看到,担负着这个贵族家庭未来兴衰的男人们,"竟一代不如一代了":贾敬沉迷炼丹,贾赦无耻专横,贾政稍微品格端方些,却是个腹内空空的货色,贾珍龌龊乱伦,贾琏卑俗放荡,贾蓉轻浮淫纵。他们无能也无心挽回整个家族走向衰败的颓势。而且,整个家族内部也是不断上演着种种勾心斗角的戏码,争权夺利,自相残杀。这都决定了贾府必将无可挽回地步步走向毁灭。

曹雪芹正是以他独特的贵族生活体验和近于史家实录的创作精神,真实展现了这个贵族大家族注定难逃衰亡的悲剧命运,连带着,倚赖于这个大家族剥削经济的贵族精雅文化,以及大观园里那个诗意的王国,也必然一道殉葬。这既是一个贵族世家的历史宿命,也是旧时千百年来千百世家的历史宿命,"雪芹记一世家能包括百千世家",它的典型意义正在这里。此外,作品对"护官符"及薛蟠、凤姐草菅人命的描写,更由荣宁二府辐射到了广阔的社会生活,写出整个时代整个封建统治的失序堕落。

"石"耶"玉"耶贾宝玉

《红楼梦》有一个很重要的艺术成就,那就是塑造了独一无二的、复杂而又圆融的贾宝玉形象。

贾宝玉最突出的性格特征就是"乖僻邪谬不近人情"。他对少女的同情,对悲凉之雾的独特感受,对虚伪道德的鄙弃,以及对功名利禄的淡漠,都有近代启蒙思想的味道。但在他生活的环境里,他的这些思想行为,则不免时时被旁人误解。如第十六回写元春晋封,宁、荣二府内"莫不欣然踊跃,个个面上皆有得意之状",而贾宝玉"独他一个皆视有如无,毫不曾介意,因此众人嘲他越发呆了"。这里作者着意写出他与环境的不合,并刻画出他与众不同的孤独心理。又如第三十五回,作者借傅试家老婆子之口来谈宝玉的"不近人情":"我前一回来,还听见他家里许多人说,千真万确是有些呆气。……时常没人在眼前,就自哭自笑的,看见燕子就和燕子说话,河里看见了鱼就和鱼儿说话,见了星星月亮,他不是长吁短叹的,就是咕咕哝哝的。"这一则可见贾宝玉感情的丰富、细致,二则也显出他精神世界的寂寞。还有第六十六回兴儿谈起宝玉:"他长了这么大……成天家疯疯癫癫的,说话人也不懂,干的事人也不知。"文中类似这样的描写还有多处。脂评称宝玉"发言每每令人不解""其囫囵不解之言"等,很多是针对这种"说话人也不懂,干的事人也不知"的情形而发。

贾宝玉一方面生活在红围翠绕、诗酒笙歌的一派热闹景象之中,一方面在精神上却又是极度的孤独寂寞。从这个意义上讲,他的基本价值取向是与主流社会悖离的,所以,不妨把贾宝玉说成是封建末世的叛逆者。于是,当他周围绝大多数的人们仍然囿于陈旧的思想观念,用正统的思想方式、道德规范来衡量他的言语行动时,其结果自然是不能够理解。贾宝玉经常处于这样一种叛逆者的孤独之中,心理上的隔膜也就表现为言语上的隔膜了。另外,他虽厌恶"人情练达""世事洞明"的"混帐话",可是,时代还没有发展到否定封建思想体系,产生系统的新思想的阶段。因而贾宝玉一些与众不同的强烈的感受,既形不成明晰的思想,也找不到明晰的表达方式。诉诸语言,自然呈现囫囵不解的状态。可以说,贾宝玉言语的囫囵不解,主要是新的性格与旧的环境之间隔膜的反映。曹雪芹在"情谁记去作奇传"中透露的"音实难知,知实难逢"的慨叹,和贾宝玉那种叛逆者的孤寂实际是相通的。换言之,曹雪芹正是通过贾宝玉"囫囵不解"的言语来刻画叛逆者孤寂的心理,从而寄托自己相似的深切感受。

但是,我们又必须指出,贾宝玉的"叛逆"是不自觉的,曹雪芹对贾宝玉的"叛逆"也是既有欣赏又有惶恐的。小说开篇流露出的忏悔意识,以及石头"无才可去补苍天,枉入红尘若许年"的象征意味,都表明了作者虽然孤芳自赏于"异端",但绝无摧毁体制或是叛逃于体制之外的明确想法。

要认识贾宝玉这个艺术形象的文化意义,正不妨从"石头"这个意象入手。

《红楼梦》中的"石头",是个无法"合乎逻辑"地讲清楚的文学意象。它有好几重"身份",彼此相关联,而关联处却又不无矛盾:

首先,它是整个故事的讲述者。一部《红楼梦》,是"刻在"石头上,又被空空道人从"石兄"处抄录,交给曹雪芹整理出来的。

其次,它又是整个故事的在场者、见证人。如果坐实了讲,贾宝玉佩戴着它走来走去,就像一台全息摄像机。但是,这又不是绝对的。因为那些贾宝玉不在场的事件,依然被作者全知全能地讲述出来了。

石头又参与故事的演进。它幻化成"玉",于是成了"贾宝玉"的标志,引申出了"金玉良缘"与"木石前盟"的冲突;当贾宝玉不满于"假"宝玉的身份,不满于"金玉良缘"的安排时,就会摔它,砸它;当贾宝玉中了魔魔法时,它又有祛邪镇宅的功能,等等。

最奇怪的是,贾宝玉耽溺于红尘之时,它的灵性就迷失了;经癞头和尚"摩弄"一番后,它的灵性就恢复了;它的灵性一恢复,贾宝玉的灵性也随之恢复。也就是说,它既是贾宝玉的护身符,又与贾宝玉"通灵"。这"通灵"二字,其实大有名堂,既指此玉已有性灵,又点明了石化为玉之后,石与玉、玉与人(贾宝玉)之间灵性互通。

《红楼梦》的哲理蕴含,就是在这些半实半虚的笔墨中呈露出来的,这些笔墨更接近于象征的修辞手法。石头、"石兄"、通灵玉和贾宝玉之间是一种"半透明"的关系,有的地方清楚,有的地方模糊。贾宝玉为神瑛侍者转世,通灵玉为顽石所化;贾宝玉为"凡心偶炽"而历劫了缘,通灵玉则以"贾"为"载体"而旁观人生,这似乎表明二者并无内在联系。然而,作品中又时时将二者混同来写,如二十五回,贾宝玉被魔昏迷,癞头和尚讲:"只因他如今被声色货利所迷,故不灵验了。"这个他,明指通灵玉,暗指贾宝玉,因为一般来说通灵玉并没有"被声色货利所迷"的可能性。至少给读者的印象是,通灵玉与贾宝玉是两位一体的关系。接下去和尚又持玉念了一段偈语。偈语的前一部分是通灵玉事迹,后一部分是贾宝玉事迹,而和尚却把二者视作同一个对象。如果胶柱鼓瑟地看,作者在二者关系上似乎交代不清,因而有的研究者认为这是把两部书掺和到一起留下的痕迹。实际上,把通灵玉与贾宝玉这种若离若即的模糊关系视为作者有意的迷离之笔,可能更适合全书烟云模糊的笔调,也符合作者以石头为贾宝玉之象征的创作意图。

石头作为物理存在,既有坚硬不易变化的性质,又是冥顽不灵、俯拾即是的普通物体。在文化建构、传承的过程中,这两面分别被赋予了比喻的意义,积淀、凝固到汉语中,便有了"坚如磐石""海枯石烂"与"玉石俱焚""玉石杂糅"之类的词语。"石"与"玉"对称,着眼点是落在它的普通与无价值上。封建社会进入后期,失意知识分子出于疏离社会与怀疑人生的心理,常常在文学艺术中用象征手法表现出对社会通行价值标准的否定。而石头由于其双重物理属性,更适于自嘲与嘲世,于是便成为一种意味独特的文化语码。如米芾"性不能与世俯仰",而爱石成癖,呼石为兄,论石则以"瘦、绉、漏、透"为尚。苏东坡有《双石》诗象征理想境界,他主张画石应"文而丑"。郑板桥是画石专家,则认为画石须"陋劣之中有至好"。"丑""陋",象征不合于社会通行价值标准;"文""至好",象征对自我人格的信心。郑板桥有一首题画诗,诗歌集中表现出"石头"在这一类文艺作品中的象征意味:"顽然一块石,卧此苔阶碧。雨露亦不知,霜雪亦不识。园林几盛衰?花树几更易?但问石先生,先生俱记得。"另外,郑板桥还曾写过"蝇头小楷太匀停,长恐工书损性灵"这样的诗句,诗中他把"匀停"与"性灵"相对待,认为"匀停"有损"性灵"。反观他的咏石诗,毫无疑问,这"顽然一块石"也是自然、性灵的象征。

曹雪芹生活的时代稍后于郑板桥，有趣的是，他也是画石好手。他的好友敦敏有《题芹圃画石》诗："傲骨如君世已奇，嶙峋更见此支离。醉余奋扫如椽笔，写出胸中块垒时。"准确地揭示了雪芹画石自嘲嘲世的象征意味。很显然，《红楼梦》中以石头作为贾宝玉的灵魂象征，是与雪芹画石象征自己的人格一脉相通的。

曹雪芹

在《红楼梦》中，贾宝玉有双重身份。作为"宝二爷"，他的身世、地位、相貌等都是世人歆羡的；作为"怡红院浊玉"，他的"似傻如狂""不通世务"，则被世人诟病、鄙夷。为了突出这双重身份的矛盾，作者以本体象征的方式来分别加以渲染。于是，写通灵宝玉象征前者，被世人珍视宝藏，其实已迷失了本性；写顽石则象征后者，而这才是其本来面目。顽石为女娲所弃，自在卧于青埂峰下，正象征了不合于世俗的价值观念，象征了开始觉醒的个性，象征了追求天真自然的人生理想。一句话，象征了"异端"贾宝玉的灵魂。

如前文所说，这种象征是若即若离的。这就使它不同于一个简单的比喻，而具有了广泛的联想余地。另外，作者写到石头时，借助于古老的补天神话，又写了行踪飘忽的僧道；写到石头幻化成的通灵玉时，时而有灵时而不灵，都是一派水月镜花之笔，产生出浓厚的神秘氛围，对本体象征起到很好的烘托作用。正如作者自述的那样："女娲炼石已荒唐,又向荒唐演大荒。"这一"荒唐",与现代存在主义的"荒谬"气息相同,表明了作者曹雪芹在追问生命、生活的价值时内心的惶惑。

"二水分流"林与薛

　　《红楼梦》在我国文学史上有一个特别重要的贡献，就是以前所未有的关注和同情刻画出了一群女性的形象，描绘出了她们的才情、品德和无可逃避的悲剧命运。这是它非常重要的一个特色，也是它的独特价值所在。

　　而要具体分析《红楼梦》中的女性形象，面对的第一个问题，也是无法绕过去的问题，就是如何认识、评价林黛玉与薛宝钗，也就是所谓的"林薛优劣辨"。至今红学史上还流传着"尊林""拥薛"两派为争二者高下而发生的种种故事与佳话。到了俞平伯的笔下，他提出了一种折中的观念，认为林、薛二人是"双峰对峙，二水分流"，主张春兰秋菊各极一时之秀。

　　小说中是怎么描写的呢？我们不妨先胪列一下文本中的有关描写，然后再来思考如何解读。

　　以作者口吻比较林薛二人，首推第五回描写薛宝钗刚刚来到贾府寄居之时的一段文字。说林黛玉来到贾府后，贾母对她的怜爱胜过贾母的三个亲孙女，她本人与宝玉的友爱亲密也与众不同。薛宝钗来后，比她大得人心，连小丫头子都喜欢跟宝钗玩耍，因此黛玉心中便有些抑郁不忿，而宝钗却一点儿也没注意到黛玉的心思。这一大段林薛比较，字面上全是薛优于林："年岁虽大不多，然品格端方，容貌丰美，人多谓黛玉所不及。""黛玉不及"，看似已作定评，但其实不尽然。因为前面还有一个限定——"人多谓"。注意，"不及"是众人的看法。这里就有两层意思存在了：一层是薛宝钗确有很多长处，像"容貌丰美"、"品德端方"等，这是表面的意思，读者一眼就能看出来;还有一层是较为隐蔽的,读者会有感觉,但不细想便不显豁,这就是薛宝钗会赢得大众舆论的好评。

我国古代对于个人与社会的关系历来有两种倾向。一种是"克己复礼",约束自己的个性与欲望,使行为合乎礼法的要求,也就是遵从社会通行的规则。这是孔子提出的。但是孔子又强调,这一倾向走向极端就是"乡愿","乡愿,德之贼也"。孟子对此有着更为激烈的论述,认为不讲原则地赢得舆论好评对社会道德的危害很大。另一种是"自然",把保持真实的天性作为最高的价值标准。这在老庄哲学中体现得最为明显。

当然,不能说作者这里就是把薛宝钗判定为"乡愿"了,毕竟此时的薛宝钗还只是个少女。但小说的叙事口吻却略有把读者的感受朝这个方向引导的嫌疑。一般而言,在现实生活中对礼教反感的人、个性较强的人,都不会喜欢薛宝钗,根子就在这个地方。

对于这两个形象,作者的态度一定程度上是透过贾宝玉的感受与态度来表现的。宝玉对林、薛的不同评价,最集中的是在"诉肺腑心迷活宝玉"这一回。这回涉及宝、钗、黛三人对待功名利禄的态度。当史湘云劝导宝玉要多与为官做宰的人接触,走仕途经济之路时,宝玉毫不客气地要赶湘云出门,说"姑娘请别的姊妹屋里坐坐,我这里仔细污了你知经济学问的"。据袭人所言,薛宝钗也说过与史湘云类似的话,而宝玉的态度呢?"宝姑娘的话也没说完","他也不管人脸上过的去过不去,他就咳了一声,拿起脚来走了"。同样也毫不客气。在这个问题上,只有林黛玉受到了宝玉的"礼遇"。为什么呢?因为林黛玉压根就没有说过"这些混帐话"。文中这段关于经济学问的对话,历来被评论作品思想内容的人们高度重视。贾宝玉之所以能被冠以"封建礼教的叛逆""新社会的先觉者"，这段对话是重要的依据。而薛宝钗与林黛玉在爱情上的竞争，也因此而有了更"深刻"的内涵。

又如第三十六回"国贼禄鬼"四个字对宝钗的恶谥，更是成为"拥林倒薛"派最为有力的武器。而作品中对薛林优劣评判的描写还有"什么是金玉姻缘，我偏说是木石姻缘""疏不间亲""我也是为的我的心"等等，可以说这是贾宝玉基本的态度，也是作者基本的态度。毫无疑问，如果没有对孤苦寄寓的弱势的林黛玉的同情，如果没有对于率情任性、超尘脱俗的林黛玉的欣赏，就没有《红楼梦》这部书。

但是，问题又不是这么简单，作品中又有颇多"见了姐姐就把妹妹忘了"的笔墨，如宝玉欣赏宝钗姿容的："只见脸若银盆，眼似水杏，唇不点而红，眉不画而翠，比林黛玉另具一种妩媚风流。"宝玉感念宝钗情谊的："宝玉听得这话如此亲切稠密，竟大有深意，忽见她又咽住不往下说，红了脸，只管弄衣带，那一种娇羞怯怯，非可形容得出者，不觉心下大畅。"

更有甚者，是从林黛玉的感受来称赞薛宝钗的。如第四十二回"蘅芜君兰言解疑癖"与第四十五回"金兰契互剖金兰语"。此前林薛是对立的，此后二人不仅尽释前嫌，而且成为知己。"兰言"一回，是薛宝钗现身说法劝诫黛玉。既称"兰言"，又能使黛玉听完后心内"暗伏"宝钗，作者对薛宝钗的肯定乃至欣赏确然无疑。"金兰"一回，林黛玉又进一步当面向宝钗认错。"兰言""金兰"，都是用的《易·系辞》的典："二人同心，其利断金；同心之言，其臭如兰。"连续使用同一个典故，作者肯定不是偶然，而是把薛宝钗定位于林黛玉的"同心"之人。这些笔墨，似乎又是"拥薛"的。

其实不然，除了这些小儿女之间的情感纠葛之外，作品还对黛玉、宝钗的学识与才情加意渲染。如"宝玉悟禅机"，让钗、黛一起来与贾宝玉"斗机锋"，二人的才学与悟性不相上下。还有结海棠诗社,让钗、黛来显扬各自的诗才。结果,咏海棠二人平分秋色,咏菊花黛玉夺魁,咏螃蟹宝钗称绝。从这些小地方看来,作者对黛玉、宝钗都极为欣赏,是把她二人当作旗鼓相当的形象来刻画的。

现在我们可以得出一个结论:作为书中的主角,贾宝玉对薛宝钗的基本态度是喜爱加尊敬,对林黛玉的基本态度是怜爱加赞赏。那作者的态度如何呢?在这一点上,可以讲,贾宝玉的态度就代表了作者的态度,亦即:(一)基本态度都是肯定的;(二)各有各的长处;(三)对林黛玉的欣赏、怜惜乃至悲悯更多一些。

实际上,薛宝钗与林黛玉的"双峰对峙,二水分流",可以追溯到一种源远流长的"文化/审美"传统。

南朝刘义庆的《世说新语·贤媛》篇中有一段影响广远的故事,说晋代谢玄非常推崇自己的姐姐谢道韫,而张玄又非常推崇自己的妹妹,并且常想与谢玄一较高下,看谁家的女子更优秀。有一个济尼,到过张、谢二人的家里。所以有人问她,谁家的更好呢?她说谢道韫是"神情散朗,故有林下风气",而顾家妇(也就是张玄的妹妹)"清心玉映,自是闺房之秀"。文中被形容为具有"林下风气"的谢道韫,还有一段在民间知名度更高的故事,就是以"未若柳絮因风起"来咏雪,从而获得了"咏絮之才"的美名。

那么,"林下风气"是什么意思呢?"神情散朗"又是什么意思呢?这可以从当时的思想文化背景来找答案。

谈"林下风气",离不开"魏晋风度"。我们都知道"竹林七贤"是魏晋风度的代表,而他们的另一称谓就是"林下诸贤"。所以,"林下风气"就是竹林七贤们代表的风气。稍早于谢道韫时代的嵇康,是竹林七贤的领袖。《世说新语》形容嵇康是"爽朗清举","若孤松之独立","肃肃如松下风",也就是潇洒、脱俗，有独立人格。嵇康还提出了"越名教而任自然"的著名观点，把"自然"与"名教"对立起来。他在《与山巨源绝交书》中表达了志在"长林""丰草"而不愿入朝为官的人生意愿，"长林""丰草"可以看作是"任自然"的象征性表达，与"林下"也有某种意味上的相通。

刘义庆没有嵇康那么偏激，《贤媛》篇赞美了谢道韫的"林下风气"，但也给"闺房之秀"留下了一定的空间。既称"闺房"，自然就不是"林下"的潇洒自在，一定程度上有"名教"约束的意味。刘义庆的基本态度是：高度赞赏谢才女的"林下风气"，但也肯定顾家妇的"闺房之秀"。《世说新语》这一"女性批评"的实际影响，超出了"贤媛"的范围，在后世逐渐形成了内涵丰富、复杂的二元"文化/审美"模式。

明代王世贞在评论赵孟頫临摹褚遂良《枯树赋》的墨迹时曾说，褚遂良的墨迹是"谢夫人有林下风气"，而赵孟頫的则是"顾家妇清心玉映，自是闺房之秀"。这显然扩大了"世说"的"林下之风"的适用范围，而使其有了二元审美模式的意义。清代宫廷编纂的《石渠宝笈》，收录了明代姚广孝为赵孟頫夫人管道升所绘的《碧琅庵图》作的跋文："天地灵敏之气，钟于文士者非奇；而天地灵敏之气，钟于闺秀者为奇。管氏道升，赵魏公之内君也。贞静幽闲，笔墨灵异，披兹图，捧兹记，真闺中之秀，飘飘乎有林下风气者欤！"这里还有两点可注意，一是姚广孝在跋文中提出的"天地灵敏之气所钟"的话语，至少可与《红楼梦》中贾雨村"天地清明灵秀之气所秉"的话语发生互文的关系；二是同时使用"闺中之秀"与"林下之风"来评价同一个女性，也就是所谓"灵异"与"贞静"同时体现于一个女人的身上，这典型地表现出男人们对"兼美"的期待。

把"林下风气"继续用于人物品评，特别是用于对杰出女性品评的,还有明末的沈自征。在为他的姐姐沈宜修的诗集《鹂吹集》作的序中,他不但从"林下风气"的角度来赞美一位自己崇敬的女性,而且,还把"林下风气"与"天资高明""赋性多愁""触绪兴思,动成悲惋"的形象联系到了一起。更可注意的是,与姚广孝一样,作者虽高度称赞女性的"林下风气",却又对"礼法"不能忘情,于是有"兼而有之"的理想。

这些,对于熟悉《红楼梦》的读者来说,难免不引起多方面的互文性联想。我们知道,曹雪芹在宿命性的判词中,便是把林黛玉比做了有"林下风气"的谢道韫,而沈自征上述"天资高明""多愁""悲惋"的形容词几乎可以看作是为林黛玉量身定制的。所以,"林下风气"与"林"黛玉之间的关联,应是毫无疑义的事情。明乎此,沈自征的"兼而有之"的价值观,便不失为解开曹雪芹"兼美之想"的一把钥匙。

总之,林黛玉的形象与传统的"谢道韫""林下风气""林下"等文化符号有密切的关系,因此这个少女的形象绝不是简单的作者现实人生中某女孩的实录,而是承载了相当丰厚的文化内涵;而作为林黛玉"林下风气"的衬托,薛宝钗则显现出"闺房之秀"的某些特点;林黛玉与薛宝钗"双峰对峙"的写法,也与"林下风气"与"闺房之秀"相映的传统有关。这一传统既包容两个方面,又左袒"林下",形成了普适意义的"二元"文化/审美模式。明乎此,对于《红楼梦》中林、薛之间微妙的张力关系,就有了新的认识角度。

原典选读

贾政此时气得目瞪口歪，一面送那长史官，一面回头命宝玉："不许动！回来有话问你！"一直送那官去了。才回身，忽见贾环带着几个小厮一阵乱跑，贾政喝令小厮："快打，快打！"贾环见了他父亲，唬得骨软筋酥，忙低头站住。贾政便问："你跑什么？带着你的那些人都不管你，不知往那里逛去，由你野马一般！"喝令叫跟上学的人来。贾环见他父亲盛怒，便乘机说道："方才原不曾跑，只因从那井边一过，那井里淹死了一个丫头，我看见人头这样大，身子这样粗，泡的实在可怕，所以才赶着跑了过来。"贾政听了，惊疑问道："好端端的，谁去跳井？我家从无这样事情。自祖宗以来，皆是宽柔以待下人。——大约我近年于家务疏懒，自然执事人操克夺之权，致使生出这暴殄轻生的祸患！若外人知道，祖宗颜面何在！"喝命快叫贾琏、赖大、来头。

小厮们答应了一声，方欲叫去，贾环忙上前，拉住贾政的袍襟，贴膝跪下，道："父亲不用生气。此事除太太房里的人，别人一点也不知道。我听见我母亲说……"说到这里，便回头四顾一看。贾政知意，将眼一看众小厮，小厮们明白，都往两边后面退去。贾环便悄悄说道："我母亲告诉我说，宝玉哥哥前日在太太屋里，拉着太太的丫头金钏儿强奸不遂，打了一顿，金钏儿便赌气投井死了。"

话未说完，把个贾政气得面如金纸，大叫"快拿宝玉来！"一面说，一面便往里边书房里去。喝令："今日再有人劝我，我把这冠带家私一应就交与他与宝玉过去！我免不得做个罪人，把这几根烦恼鬓毛剃去，寻个干净去处自了，也免得上辱先人下生逆子之罪！"

众门客仆从见贾政这个形景，便知又是为宝玉了。一个

186

个都是咬指咬舌,连忙退出。那贾政喘吁吁直挺挺坐在椅子上,满面泪痕,一叠声:"拿宝玉来!拿大棍!拿索子捆上!把各门都关上!有人传信往里头去,立刻打死!"众小厮们只得齐声答应,有几个来找宝玉。

那宝玉听见贾政吩咐他不许动,早知多凶少吉。那里承望贾环又添了许多的话。正在厅上干转,怎得个人来往里头去捎信,偏生没个人,连焙茗也不知在那里。正盼望时,只见一个老姆姆出来,宝玉如得了珍宝,便赶上来拉他,说道:"快进去告诉:老爷要打我呢!快去,快去!要紧,要紧!"宝玉一则急了,说话不明白;二则老婆子偏生又聋,竟不曾听见是什么话,把"要紧"二字只听做"跳井"二字。便笑道:"跳井让他跳去,二爷怕什么?"宝玉见是个聋子,便着急道:"你出去叫我的小厮来罢!"那婆子道:"有什么不了的事?老早的完了。太太又赏了衣服,又赏了银子,怎么不了事的?"

宝玉急的跺脚,正没抓寻处。只见贾政的小厮走来,逼着他出去了。贾政一见,眼都红紫了,也不暇问他在外流荡优伶,表赠私物,在家荒疏学业,淫辱母婢等语。只喝令:"堵起嘴来,着实打死!"小厮们不敢违拗,只得将宝玉按在凳上,举起大板,打了十来下。贾政犹嫌打轻了,一脚踢开掌板的,自己夺过来,咬着牙狠命盖了三四十下。

众门客见打的不祥了,忙上前夺劝。贾政那里肯听?说道:"你们问问他干的勾当,可饶不可饶!素日皆是你们这些人把他酿坏了,到这步田地,还来劝解!明日酿到他弑君杀父,你们才不劝不成?"

众人听这话不好听,知道气急了,忙又退出,只得觅人进去给信。王夫人不敢先回贾母,只得忙穿衣出来,也不顾有人没人,忙忙赶往书房中来。慌得众门客小厮等避之不及。王夫人一进房来,贾政更如火上浇油一般,那板子越下去的又狠又快。按宝玉的两个小厮忙松了手走开,宝玉早已动弹不得了。

——《红楼梦》第三十三回《手足眈眈小动唇舌　不肖种种大承笞挞》

说着,一径离了潇湘馆,远远望见池中一群人在那里撑篙。贾母道:"他们既预备下船,咱们就坐。"一面说着,便向紫菱洲蓼溆一带走来。未至池前,只见几个婆子手里都捧着一色摄丝戗金五彩大盒子走来。凤姐忙问王夫人:"早饭在那里摆?"王夫人道:"问老太太在那里就在那里罢了。"贾母听说,便回头说:"你三妹妹那里好。你就带了人摆去,我们从这里坐了舡去。"

凤姐听说,便回身同了探春、李纨、鸳鸯、琥珀带着端饭的人等,抄着近路到了秋爽斋,就在晓翠堂上调开桌案。鸳鸯笑道:"天天咱们说外头老爷们吃酒吃饭都有一个篾片相公,拿他取笑儿。咱们今儿也得了一个女篾片了。"李纨是个厚道人,听了不解。凤姐儿却知是说刘姥姥了,也笑说道:"咱们今儿就拿他取个笑儿。"二人便如此这般的商议。李纨笑劝道:"你们一点好事不做!又不是个小孩儿,还这么淘气。仔细老太太说!"鸳鸯笑道:"很不与你相干,有我呢。"

正说着,只见贾母等来了,各自随便坐下。先着丫鬟端过两盘茶来,大家吃毕。凤姐手里拿着西洋布手巾,裹着一把乌木三镶银箸,戗敠人位,按席摆下。贾母因说:"把那一张小楠木桌子抬过来,让刘亲家近我这边坐。"众人听说,忙抬过来。凤姐一面递眼色与鸳鸯,鸳鸯便忙拉刘姥姥出去,悄悄的嘱咐了刘姥姥一席话,又说:"这是我们家的规矩,若错了,我们就笑话呢。"调停已毕,然后归坐。

薛姨妈是吃过饭来的,不吃了,只坐在一边吃茶。贾母带着宝玉、湘云、黛玉、宝钗一桌。王夫人带着迎春姊妹三人一桌。刘姥姥傍着贾母一桌。贾母素日吃饭,皆有小丫鬟在旁边拿着漱盂、麈尾、巾帕之物。如今鸳鸯是不当这差的了,今日鸳鸯偏接过麈尾来拂着。丫鬟们知道他要撮弄刘姥姥,便躲开让他。鸳鸯一面侍立,一面悄向刘姥姥说道:"别忘了。"刘姥姥道:"姑娘放心。"

那刘姥姥入了坐,拿起箸来,沉甸甸的,不伏手。原是凤姐和鸳鸯商议定了,单拿了一双老年四楞象牙镶金的筷子与刘姥姥。刘姥姥见了,说道:"这个叉爬子,比俺那里铁锨还沉,那里犟的过他!"说的众人都笑起来。只见一个媳妇端了一个盒子站在当地,一个丫鬟上来揭去盒盖,里面盛着两碗菜。李纨端了一碗放在贾母桌上,凤姐儿偏拣了一碗鸽子蛋放在刘姥姥桌上。

贾母这边说声"请",刘姥姥便站起身来,高声说道:"老刘,老刘,食量大似牛:吃一个老母猪不抬头!"自己却鼓着腮不语。众人先是发怔,后来一想,上上下下都哈哈大笑起来。湘云撑不住,一口饭都喷了出来。黛玉笑岔了气,伏着桌子"嗳哟"!宝玉早滚到贾母怀里,贾母笑的搂着叫"心肝"!王夫人笑的用手指着凤姐儿,却说不出话来。薛姨妈也撑不住,口里茶喷了探春一裙子。探春手里的茶碗都合在迎春身上。惜春离了坐位,拉着他奶母,叫揉揉肠子。地下无一个不弯腰屈背,也有躲出去蹲着笑去的,也有忍着笑上来替他姊妹换衣裳的。独有凤姐鸳鸯二人撑着,还只管让刘姥姥。

刘姥姥拿起箸来,只觉不听使,又道:"这里的鸡儿也俊,下的这蛋也小巧,怪俊的,我且肏攮一个!"众人方住了笑,听见这话,又笑起来。贾母笑的眼泪出来,琥珀在后捶着。贾母笑道:"这定是凤丫头促狭鬼儿闹的!快别信他的话了。"

那刘姥姥正夸鸡蛋小巧,要肏攮一个,凤姐儿笑道:"一两银子一个呢,你快尝尝罢。那冷了就不好吃了。"刘姥姥便伸箸子要夹，那里夹的起来？满碗里闹了一阵，好容易撮起一个来，才伸着脖子要吃，偏又滑下来，滚在地下。忙放下箸子，要亲自去捡，早有地下的人捡了出去了。刘姥姥叹道："一两银子，也没听见个响声儿就没了！"

众人已没心吃饭，都看着他笑。贾母又说："谁这会子又把那个筷子拿了出来？又不请客摆大筵席。都是凤丫头支使的！还不换了呢！"地下的人原不曾预备这牙箸，本是凤姐和鸳鸯拿了来的，听如此说，忙收过去了，也照样换上一双乌木镶银的。刘姥姥道："去了金的，又是银的，到底不及俺们那个伏手。"凤姐儿道："菜里要有毒，这银子下去了就试的出来。"刘姥姥道："这个菜里若有毒，俺们那菜都成了砒霜了。那怕毒死了，也要吃尽了。"贾母见他如此有趣，吃的又香甜，把自己的也都端过来给他吃；又命一个老嬷嬷来，将各样的菜给板儿夹在碗上。

——《红楼梦》第四十回《史太君两宴大观园　金鸳鸯三宣牙牌令》

黛玉向来病着，自贾母起，直到姊妹们的下人，常来问候。今见贾府中上下人等都不过来，连一个问的人都没有，睁开眼，只有紫鹃一人。自料万无生理，因扎挣着向紫鹃说道："妹妹，你是我最知心的，虽是老太太派你伏侍我这几年，我拿你就当作我的亲妹妹。"说到这里，气又接不上来。紫鹃听了，一阵心酸，早哭得说不出话来。迟了半日，黛玉又一面喘一面说道："紫鹃妹妹，我躺着不受用，你扶起我来靠着坐坐才好。"紫鹃道："姑娘的身上不大好，起来又要抖搂着了。"黛玉听了，闭上眼不言语了。一时又要起来。紫鹃没法，只得同雪雁把他扶起，两边用软枕靠住，自己却倚在旁边。

黛玉那里坐得住，下身自觉硌的疼，狠命的撑着，叫过雪雁来道："我的诗本子。"说着又喘。雪雁料是要他前日所理的诗稿,因找来送到黛玉跟前。黛玉点点头儿,又抬眼看那箱子。
雪雁不解,只是发怔。黛玉气的两眼直瞪,又咳嗽起来,又吐了
一口血。雪雁连忙回身取了水来,黛玉漱了,吐在盒内。紫鹃
用绢子给他拭了嘴。黛玉便拿那绢子指着箱子,又喘成一处,
说不上来,闭了眼。紫鹃道:"姑娘歪歪儿罢。"黛玉又摇摇头
儿。紫鹃料是要绢子,便叫雪雁开箱,拿出一块白绫绢子来。
黛玉瞧了,撂在一边,使劲说道:"有字的。"紫鹃这才明白过来,
要那块题诗的旧帕,只得叫雪雁拿出来递给黛玉。紫鹃劝道:
"姑娘歇歇罢,何苦又劳神,等好了再瞧罢。"只见黛玉接到手里,
也不瞧诗,扎挣着伸出那只手来狠命的撕那绢子,却是只有打颤
的分儿,那里撕得动。紫鹃早已知他是恨宝玉,却也不敢说破,
只说:"姑娘何苦自己又生气!"黛玉点点头儿,掖在袖里,便叫雪
雁点灯。雪雁答应,连忙点上灯来。

　　黛玉瞧瞧,又闭了眼坐着,喘了一会子,又道:"笼上火盆。"
紫鹃打谅他冷。因说道:"姑娘躺下,多盖一件罢。那炭气只怕
耽不住。"黛玉又摇头儿。雪雁只得笼上,搁在地下火盆架上。
黛玉点头,意思叫挪到炕上来.雪雁只得端上来,出去拿那张火
盆炕桌。那黛玉却又把身子欠起,紫鹃只得两只手来扶着他。
黛玉这才将方才的绢子拿在手中,瞅着那火点点头儿,往上一
撂。紫鹃唬了一跳,欲要抢时,两只手却不敢动。雪雁又出去
拿火盆桌子,此时那绢子已经烧着了。紫鹃劝道:"姑娘这是怎
么说呢。"黛玉只作不闻,回手又把那诗稿拿起来,瞧了瞧又撂
下了。紫鹃怕他也要烧,连忙将身倚住黛玉,腾出手来拿时,黛
玉又早拾起,撂在火上。此时紫鹃却够不着,干急.雪雁正拿进
桌子来,看见黛玉一撂,不知何物,赶忙抢时,那纸沾火就着,如
何能够少待,早已烘烘的着了。雪雁也顾不得烧手,从火里抓
起来撂在地下乱踩,却已烧得所余无几了。那黛玉把眼一闭,
往后一仰,几乎不曾把紫鹃压倒。紫鹃连忙叫雪雁上来,将黛

玉扶着放倒。心里突突的乱跳。欲要叫人时，天又晚了；欲不
叫人时，自己同着雪雁和鹦哥等几个小丫头，又怕一时有什么
原故。好容易熬了一夜，到了次日早起，觉黛玉又缓过一点儿
来。饭后，忽然又嗽又吐，又紧起来。紫鹃看着不好了，连忙将
雪雁等都叫进来看守，自己却来回贾母。

　　——《红楼梦》第九十七回《林黛玉焚稿断痴情　薛宝钗
出闺成大礼》

讽时骂世的写作风气

　　早在晋唐时期,我国古代小说中就已经出现了讽刺之作;明清时期,小说创作上形成了一种讽时骂世的写作风气,涉及作品之多、范围之广,前所未有,艺术手法的运用也更为娴熟,出现了古典讽刺小说的巅峰之作《儒林外史》。清末大量批判讽刺社会现实小说的兴起,更是掀起了讽刺小说的创作高潮,谴责小说也由此应运而生。

明人已开先河

　　明代小说中的讽刺，主要集中在两类作品中：一种是神魔小说，如《西游记》《西游补》；另外一种是世情小说，也有称人情小说，如《金瓶梅》。无论是神魔，还是世情，其讽刺的主旨都在于揭露、讽刺现实人间的黑暗与不公，以及人性的弱点与丑恶。

　　就《西游记》及《西游补》等神魔小说来论，其外衣虽为神魔，怪诞不经，但内里却是包含、隐寓世情，而且作者常常使用讽刺的笔墨。

　　《西游记》的诙谐幽默，原因之一就是大量运用了讽刺笔墨。凡故事中的人物角色，尽可讽刺嘲弄。无论是佛教的至高领袖如来与观音，还是道教的教主玉皇与老君，抑或是尘世间的人皇后妃与百官，以及各路神仙妖魔，都是作者调侃揶揄的对象，就连作为故事主角的取经僧众，作者也没有轻易放过，每每加以调笑嘲弄。

第四十四回中，作者叙述车迟国国王下令缉拿僧人，以致僧人逃无可逃时，作者写道："且莫说是和尚，就是剪鬃、秃子、毛稀的，都也难逃。四下里快手又多，缉事的又广，凭你怎么也是难脱。"短短的两句话，让人不禁想起明代帝王与他们培养的特务厂卫制度，看似讽刺幽默的笔调，实蕴含着对现实的强烈批判。而车迟国国王崇道抑佛的行为，又何尝没有明世宗崇奉道教的影子在内呢？第七十九回中，比丘国国王沉迷美色，以致身体羸弱，命在须臾。他竟然还听信了妖精的谗言，要用一千一百一十一个小孩儿的心肝做药引子，若非唐僧师徒搭救，千余名小孩儿定遭昏君惨杀。孙悟空打死妖精后把现了原形的死狐狸丢到国王面前道："这是你的美后。与他耍子儿么？"

尤为经典者，当属取经众人历经千辛万苦来到大雷音寺求取我佛真经时，却受到了世尊高徒阿难、迦叶的勒掯与刁难。阿难、迦叶见到取经四众，张口就向唐僧索要"人事"："圣僧，东土到此，有些什么人事送我们？快拿出来，好传经与你去。"什么历经千难万险，什么造福东土众生，在他们二人眼里，除了钱，其余一文不值。有钱才有经，否则无经可传。当唐僧说出不曾备得"人事"孝敬时，二位尊者又"笑道：'好，好，好，白手传经，继世后人当饿死矣！'"。"笑道"以及三个连说的"好"字，真是穷形尽相地刻画出了二人皮笑肉不笑、贪婪无耻的嘴脸。佛祖脚下，"这个极乐世界也还有凶魔欺害"！已正果位的堂堂罗汉，竟敢如此行事！是谁给了他们包天之胆呢？取经众人二返雷音寺，找世尊评理诉苦时，佛祖护短的一席话，道破了其中玄机，也更加让人啼笑皆非："佛祖笑道：'你且休嚷。他两个问你要人事之情，我已知矣。……经不可轻传,亦不可以空取。向时,众比丘圣僧下山,曾将此经在舍卫国赵长者家与他诵了一遍……只讨得他三斗三升米粒黄金回来。我还说他们忒卖贱了,教后代儿孙没钱使用。你如今空手来取,是以传了白本。'"原来,这索要好处是有传统的,并且俨然已经成了佛门惯例。庄严、神圣的取经事业,在佛祖及其门徒收受贿赂的行为中,已然有被消解掉的意味。而佛门净地竟然允许收受贿赂,这又未尝不是明后期朝廷政治腐败、官场贿赂公行的真实写照。故事虽极幻,其情却极真。在讽刺揶揄的笔下,作者有颗讽时骂世的心。

文中这些讽刺艺术的运用,大都是作者信手拈来,涉笔成趣。如第七十九回写比丘国悟空剖心,"那里头就骨都都的滚出一堆心来。……却都是些红心、白心、黄心、悭贪心、利名心、嫉妒心、计较心、好胜心、望高心、侮慢心、杀害心、狠毒心、恐怖心、谨慎心、邪妄心、无名隐暗之心,种种不善之心,更无一个黑心"。这里,作者由一颗实体的心,随意生色、引发、编造出各种名色不一的"假心",由真及幻,而在这极幻极虚的种种心中,隐含的却是作者对世俗社会中人类灵魂深处的种种阴暗丑恶品性的嘲弄与讽刺。

《金瓶梅》中,作者同样运用了多种讽刺手法,来揭露人性、世情的丑恶。如"自曝其丑"就是其中一个重要的讽刺手法。所谓"自曝其丑",也就是让人物角色自己去吹牛、说谎,随后又立即当场揭穿,在曝露事情真相的同时,更揭露了人物的真实面目。如第三十二回写韩道国当众吹牛,就是一个典型案例。韩道国只不过是西门庆雇佣的一个店铺伙计,而且还是舍了老婆陪睡西门庆着意奉承才稍有起色的,但他却当众装大样儿,吹牛说谎话,说自己与西门庆的关系是如何如何好:他和西门庆三七分钱,手中掌握着西门庆的巨万财物和好几处店铺，西门庆本人对他也是言听计从，没他便吃不下饭去，而且彼此通家，再也没什么避讳忌惮的，等等。结果，正当韩道国说得天花乱坠，正在兴头上时，忽然有人告诉他，他家出了事情。原来是他老婆和弟弟韩二私通被人抓住了。这时他反倒痛哭流涕去跪求应伯爵出面向西门庆说情。谎言被揭穿，韩的丑恶也被公之于众。

还有用夸张、漫画式的表达手法，来曝露、讽刺人性之丑。如第十二回写应伯爵等帮闲凑份子请客，众人凑的份子还不够五钱银子，结果到吃的时候，却是风卷残云，把酒菜吃了个精光，但见："人人动嘴，个个低头。遮天映日，犹如蝗蝻一齐来；挤眼掇肩，好似饿牢才打出。"更可笑的是，临走了，众位帮闲还玩了一把顺手牵羊，偷的偷，拿的拿，藏的藏，赖的赖。围绕一场酒宴的前前后后，作者淋漓尽致地刻画出了帮闲的无耻、可笑与可怜。

此外，运用对比手法以达到讽刺效果，也是它的一个重要讽刺艺术。如第六十九回写西门庆与林氏私通时对招宣府内的"节义堂"的描写："只见里面灯烛荧煌，正面供养着他祖爷太原节度汾阳王王景崇的影身图，穿着大红团袖蟒衣玉带，虎皮交椅坐着观看兵书，有若关王之像，只是髯须短些。傍边列着枪刀弓矢。迎门硃红匾上'节义堂'三字。两壁书画丹青，琴书潇洒；左右泥金隶书一联：'传家节操同松竹，报国勋功并斗山。'"而在这个有报国勋臣与松竹节操的极尊贵、极庄严的府第中，西门庆与林氏二人干的却是极没廉耻、极没节操的勾当，这种正与邪、贞与淫、庄严与放荡的对比，真是极大而又绝妙的讽刺。

这些讽刺描写还有很多，学人多有论说，此不赘述。人情小说中，接续了《金瓶梅》讽刺传统的还有后来的《醒世姻缘传》等。

"外史"讽"儒林"

　　以小说的形式写读书人的命运,较早的应该是《鸳鸯针》,稍后便是《聊斋志异》中的一些篇章,如《司文郎》《叶生》等。这些作品都对八股取士的科举考试制度表达了不满,有的不满还相当强烈,言辞激切,嘲讽辛辣。不过,其中的不满与嘲讽基本停留在对"盲试官"的抨击上。而吴敬梓的《儒林外史》则从制度的层面表达了质疑,同时也对科举制度下读书人自身扭曲的灵魂、变态的心理进行了无情的揭露与批判。其深刻性是前人无法望其项背的。

　　在中国古代长篇小说中,《儒林外史》的素材来源与它的作者一样,是我们知道得最为确切的,里面很多人物和事件都可以在清代的笔记和野史中找到原型与本事。例如书中有一个"大人物"叫庄绍光,实际上暗指的是程廷祚。而作品中的杜少卿,正是作者本人的自况之笔。不过,小说虽然有自传的成分,但不等于就是自传。小说就是小说,虚构以及对"原型""本事"的改造乃是其文学生命的源泉,所以我们不能一一对号入座。一般来说,金和《儒林外史》跋文中指名道姓的"原型",基本可信;而只出其姓氏的,则大半可疑。

　　不算只出姓名的,作品写及的一百多个人物,粗粗看来,绝大多数都有所讥刺,似乎没有什么"好人"。其实不然。大体说来,以他身边人物或与他间接有交谊的人物为原型的,他是一种态度;对于从未"靠近"于他的,特别是出自社会下层而跻身"儒林"的人物,则是另一种态度。前者包括以"纯儒"面目出现的虞博士、迟衡山、庄征君等,以及一方长官的蘧太守、汤总镇、萧云仙等，还有大家子弟的娄氏兄弟、杜慎卿、汤氏兄弟等。后者则如周进、范进、张静斋、严贡生、匡超人、牛浦郎、权勿用、杨执中、梅玖、荀玫等。

可以说，作者把最辛辣、最无情的讽刺都给了后面这一类人。而这类人里，首推范进。

范进中举是全书最精彩的段落，范进喜极而疯、胡屠户的前后戏剧性表现以及范进中举后生活的一步登天，可能给人印象最为深刻，也最为我们所熟知。不过，还有一些讽刺性笔墨也很值得体味。

一是范进大半生蹭蹬，而后突然时来运转，似乎很有"大贤虎变愚不测"的感觉。那么，作为读书人的范进，学问究竟如何呢？对此，作者没有正面回答，却不动声色地讲述了一个小插曲。说是范进钦点山东学道，临行前周进嘱托他关照荀玫，他遍查考卷也没找到。有个幕宾存心整他，讲了个本朝考官在试卷中查找苏轼文章的笑话，结果范进没听明白内中机关，反而"愁着眉道：'苏轼既文章不好，查不着也罢了。这荀玫是老师要提拔的人，查不着不好意思的。'"中了举又中了进士，做过御史又来做学道，竟然不知道苏轼，竟然听不出笑话中的讥讽味道，范进的"学问"可想而知，范进的见识也就可想而知。还有范进与张静斋、汤知县谈论刘伯温一节时，他一本正经地讲："想是第三名？"大家若了解话题之虚妄，则必忍俊不禁。

二是写范进中举后，乡绅们来联络，周边人来巴结，生活一步登天。作者忽然插进一笔，写范进老娘乐极生悲驾鹤西去。如果把这一笔同范进喜极而疯的描写细细对照，这一笔的真实底蕴也便凸显出来。

范进发疯时，是这样描写的：他看到中举的报帖，"看过一遍，又念一遍"，"笑了一声道：'噫！好了！我中了！'说着，往后一跤跌倒,牙关咬紧,不省人事"。"他只因欢喜狠了,痰涌上来,迷了心窍。"与小说中描写范母的文字如"看了一遍""大笑一声""这都是我的了""往后跌倒""痰涌上来""不省人事"两相比较,几乎是完全重复的模写。粗看似乎是作者低级的重复,但细品味,这种重复却是可以带来特殊的强化效果——两个人都是因"我"的意外的发迹而承受不起,从反复的"痰迷心窍"中流露出了作者对暴发户的鄙薄、轻蔑。

这种鄙薄、轻蔑还不止于此。如范进母丧期间外出赴宴一节,他在宴席上对餐具器皿多有挑剔,最后却"在燕窝碗里拣了一个大虾元子送在嘴里"。这一笔,过去多解释为讽刺范进虚伪,前面对器皿的挑剔是假惺惺。其实不尽然。其讽刺重点在于穷措大未见过世面。燕窝自比虾元名贵,而范进不识,平日可望而不可得者,虾元已为极致。用一个"拣"字,嘲讽之意尽出。

作者在描写这些人物的时候,一种精神的优越感总是不期然地流露在笔墨间。对他们的鄙俗、无知,他笔下充满了轻蔑;对他们的堕落,往往处理得较为率易,一点点诱惑就足以使其动心。

相形之下,他对笔下的另一类人的态度就有所不同了。这些人物的原型或为他的身边人物,或为一时勋贵戚属。据以写出的形象,又多有不同。

一种也是吴敬梓不惜笔墨加以嘲讽的,那就是若干大家子弟,如娄氏兄弟、汤氏兄弟、杜慎卿、蘧公孙、胡八侉子等。在全书的人物图谱中,此类人所占比例不算小。把这些形象抽绎出来,比较之后我们会发现,作者虽不满意这些人的行为,但笔下揶揄多于讽刺,类似于朋友间的嘲讽、调笑,态度与写前一类时颇有差异。

如对娄氏兄弟的描写。娄氏兄弟是相府子弟,失意于科举考试,"激成了一肚子牢骚不平",平居乡里,总想做出些不平凡事情,结果连续上当,闹出一连串笑话。他们把书呆子杨执中、无赖权勿用当成高隐大贤,把江湖骗子张铁臂当成武林异侠,归根结底是把自己定位在"巨眼"和"英主"。而残酷的现实粉碎了他们的幻梦,证明了他们只不过是涉世不深的纨绔子弟而已。

作品描写娄公子寻访杨执中一节的叙事手法很有特点。娄公子访杨这一情节设置、议论语言,使人想到《三国演义》中刘玄德三顾茅庐的著名情节,两位公子的言谈也透露出他们刻意效仿古代圣贤的用心,而且他们也认为他们将要"得遇高贤"。实际情况是,杨执中的出场立马打破了这个错觉。这个杨执中不仅鄙陋,而且迂呆,与高贤相差十万八千里。这一前一后交错出现的场景,对比强烈,虽然叙述者不加一字给予说明,而揶揄的意味、戏剧的效果自然产生。

至于娄公子与权勿用、张铁臂的故事,幻境与现实的落差就更大了。娄公子被作者描写得可笑至极。但是,与范进等人,尤其是与张静斋、匡超人对比,他们却并不可恶。不仅不可恶,甚至还真有几分古道高风。例如听说读书人杨执中吃官司,就愤怒地说:"穷乡僻壤,有这样读书君子,却被守钱奴如此凌虐,足令人怒发冲冠!我们可以商量个道理救得此人吗?"然后就拿出七百五十两银子替杨执中还了债。此事虽不无是非不明的嫌疑,但终究显示出古道热肠、仗义疏财的气质,只是有点"明珠暗投"了。再如范进不知苏轼为谁的笑话,当牛布衣对娄氏兄弟和蘧公孙讲述时,"两公子与蘧公孙都笑了",可见作者笔下的娄氏兄弟要比胸无点墨的范进高明许多。

类似于娄氏兄弟的,还有杜慎卿。但是,杜慎卿也罢,娄公子也罢,都是附庸风雅而境界不够,故风流之中有庸俗,求高明而反露笑柄。不过,说到底,这是吴敬梓的"自己人",所以庸俗归庸俗,笑话归笑话,作者笔下的这些人都没有恶行,庸俗与笑话也多是在"高层面"上出现的。"自己人"也不免被嘲讽,这正是作者自居于精神生活的制高点,目无下尘的表现,但写穷措大、暴发户的无耻与写贵公子的无聊,笔墨的浓淡还是一目了然的。

剩下的正面楷模人物包括虞博士、庄征君与杜少卿等。杜少卿的原型是作者自己,当然众善归焉。虞博士没有多少"戏",过于概念化,可以不论。特别值得注意的是庄绍光,因为作者在他身上着墨最多。这个人怎么看?

前面我们已经谈到,庄绍光的身上有程廷祚的影子。程廷祚是颜李学派的传人,与吴敬梓谊兼师友。庄绍光的主要事迹与程廷祚的经历颇相似,所以许多研究者认为作者写这个人物,就是为了表达对程廷祚的尊敬。但是这么看,可能稍显简单了一点。就如同认为写泰伯祠就是寄寓理想一样,把作品的复杂意味忽略过去了。

我们单来看作者描写庄绍光接受皇帝赏赐的玄武湖这一节。作者写庄绍光和妻子在玄武湖凭栏看水,庄绍光得意洋洋地说:"你看,这些湖光山色都是我们的了!我们日日可以游玩,不像杜少卿要把尊壶带了清凉山去看花。"这句话的口气和内容很像范进中举之后,范进的母亲看着众人送来的种种东西时说的话——"这些都是我们的了"。二者遥遥相对,作者是否有此深意,并未呈露,但文本自身却隐隐显出反讽的意味。庄绍光得意之余,拿杜少卿携妻出游来做反衬。他提到的杜少卿携妻游清凉山是指杜少卿刚到南京时,趁着一日春光融融,一手拉着自己的娘子,一手握着金杯,里面斟满了酒,大笑着在清凉山上走了一里多地,两边的人看得是目眩神摇,不敢仰视。这个行动是杜少卿得意之笔,而在庄绍光的眼里是一个有些可笑的事情。其中的微词需深深体味方知。

前叙《西游记》《金瓶梅》《聊斋志异》等都有精彩的讽世笔墨，而论讽刺手法之丰富、幽默意味之隽永，还是要首推《儒林外史》。鲁迅在《中国小说史略》中曾说："迨吴敬梓《儒林外史》出，说部中乃始有足称讽刺之书。"其实很多讽刺手法明代小说中都已经出现了，那么为什么还会称《儒林外史》一出才"始有足称讽刺之书"呢？这是值得我们思考的一个问题。

晚清成风气

晚清小说文坛，讽时骂世之风更盛，出现了一些抨击政治黑暗、揭露官场腐败，间及商界、女界以及种种社会鄙俗陋习的作品，这类作品一般被称为"谴责小说"。

这些小说，究其主旨命意，乃在匡世救弊。究其产生根源，则与当时清政府内政黑暗腐败、外交软弱无能的社会政治环境有着很大关系。与此同时，晚清文坛文学改良运动影响下的"小说界革命"，也为此类小说的产生提供了理论依据。借小说来开通民智，启迪民心，革除鄙俗与弊政，实现社会改良与国家富强的目的，已成为许多晚清小说家的共识。另外，相对宽松的言论自由环境，作者可以对当政者冷嘲热讽而略无顾忌，以及晚清报刊、出版业的兴盛，稿酬制度的建立，职业小说家的出现，也都或多或少影响了此类小说的创作。

谴责小说中，以写官场最为普遍。著名的有李宝嘉《官场现形记》、吴沃尧《二十年目睹之怪现状》、刘鹗《老残游记》与曾朴《孽海花》，这是我们谈晚清文学尤其是讽刺文学必谈的几部著作。四部作品，虽尽在揭露、批判与讽刺，但也各有特色。

如《二十年目睹之怪现状》，通过主人公九死一生二十年间的所见所闻，勾画出晚清社会出现的种种怪现状。官场、商场、洋场、科场，以及下层的医卜星相之流，均有涉及。九死一生认为他二十年间所见的无非为"蛇虫鼠蚁""豺狼虎豹""魑魅魍魉"之流。作为小说特色之一的是，作者从伦理角度讽刺、批判了官员的道德沦丧。为了升官发财,他们不择手段,或谋杀亲父,或谋占兄长财产,或不赡养老人,或出妻献媳来讨好上司,可谓道德败坏、天良丧尽。《老残游记》的特色,主要表现在揭露"清官"上,他认为"赃官可恨","清官尤可恨"。小说中,以刚正清廉自命的玉贤与刚弼,实质上是滥施刑罚、草菅人命的残暴酷吏;思贤若渴的庄宫保,实质上是昏聩无能、不辨贤愚的庸官;无坏心、不为一己谋私的史均甫,表面上看起来不错,但实质上又是一个不谙世故、只会纸上谈兵的泥古不化之流。而《孽海花》则又塑造了一群热衷于辞章考据、追求风流高雅的官员,他们虽不滥杀无辜、残害百姓,但在内忧外患、面临亡国危难的清末,这样毫无作为的朝廷官员同样误国害民。

四作中,以反映清末官场的广度及深度来论,当以《官场现形记》为首。小说结构模仿《儒林外史》,由三十多个相对独立的故事连缀而成。凡所叙述,尽是迎合、钻营、蒙混、倾轧等故事。上自太后、皇帝、军机大臣、御史,下至知州、知县、佐杂胥吏,无不摄入笔端,深刻揭露了清末官场的黑暗腐败及清廷官僚政治体制的腐朽,批判了中国历史文化传统中的"官本位"思想。在文中,就连慈禧太后也意识到了"通天底下一十八省,哪里来的清官"这个问题。小说中人物,有不少故事是取材于当时的传闻,而且多是实有其人。如黑大叔影射李莲英,华中堂影射荣禄等等。可以说,小说中的部分官场故事,是可以当作当时官场的实际情形来看的。

就小说所描写的官僚政治体制来看,《官场现形记》的一个重要特色就是反映、揭露了清代"捐官"制度带来的官场的黑暗腐败。所谓"捐官",就是指士民们向朝廷捐纳一定数量的资财以取得官职爵位。它是朝廷为缓解财政困难而采取的一种方式、手段。"捐官",自秦开始,历代都有,只是到清代才成为与科举制度相辅的制度。这样一来,一部分人可以通过科举考试进入官场,一部分人则可以通过捐官制度来做官。捐官制对缓解财政危机在短时间内有一定的效用,但捐官过于泛滥,并且成为一种制度,则势必引起官员的腐败乃至整个官僚政治体制的瘫痪。那些捐官人员为尽快捞回捐官本钱,甚而想在此基础上再赚一笔,则势必变本加厉贪污腐败。

小说中对这种捐官的描写处处可见,从京城至地方,从北到南,自东向西,几乎可谓满眼皆是贿赂公行、卖官鬻爵。第四、五回写的何藩台公然卖差缺就是一个鲜明的例子。这个何藩台晓得自己将要离任,便命令自己的手下、官亲四下里替他招揽,其中一千元起价,只能买个中等的差使,好差使总得二万银子。而他自己的官也是捐来的。捐知县花了一万多,捐知府又花了二万多,买盐道又花了三万两。这些钱"投资"出去了,必然想方设法捞回来,所以贪污受贿、卖官鬻爵也是必然,因此也就有了一笔笔赃款:"玉山的王梦梅,是个一万二。萍乡的周小辫子八千,新昌胡子根六千,上饶莫桂英五千五,吉水陆子龄五千,庐陵黄露甫六千四,新淦赵岑州四千五,新建王尔梅三千五,南昌蒋大化三千,铅山孔庆辂、武陵卢子庭,都是二千,还有些一千、八百的,一时也记不清,至少亦有二三十注。"他的弟弟三荷包帮他做事多年,也捞了不少银钱,连带这次卖官中间所得万两银子,也花钱买了个山东胶州知府的位子上任去了。第二十九回,作者又现身说法,更是道出了捐官的弊端:"文不能拈笔,武不能拉弓","除掉督、抚、藩、臬例不能捐","一个个都捐到道台为止"。甚至于"襁褓孩提,预先捐个官放在那里,等候将来长大去做,却也不计其数"。

就讽刺艺术方面而言,如第三十回写冒得官献女给上司情节,用夸张、漫画式的表现手法来塑造人物形象,寥寥几笔,便把冒得官丑陋的一面给凸显出来。冒得官为求免难升官,不惜把自己十七岁的女儿献给"又粗又蠢"的上司。为使自己女儿答应这个不合情理的要求,他演出了一场自杀闹剧。你看他大早晨便跑到大太太房里,吞鸦片,寻死觅活,以致吓得妻女不知所措。小说中的"急急奔到""一直跑到""揭开盖,拿烟抹了一嘴唇,把烟盒往地下一丢,趁势咕咚一声,困在地板上""四脚朝天,一声不言语了"几个夸张、漫画式的动作、场景描写,把冒得官的无耻可恨的丑恶行为刻画得栩栩如生。

原典选读

阿傩、伽叶引唐僧看遍经名，对唐僧道："圣僧东土到此，有些甚么人事送我们？快拿出来，好传经与你去。"三藏闻言道："弟子玄奘，来路迢遥，不曾备得。"二尊者笑道："好，好，好！白手传经继世，后人当饿死矣！"行者见他讲口扭捏，不肯传经，他忍不住叫噪道："师父，我们去告如来，教他自家来把经与老孙也。"阿傩道："莫嚷！此是甚么去处，你还撒野放刁！到这边来接着经。"八戒、沙僧耐住了性子，劝住了行者，转身来接。一卷卷收在包里，驮在马上，又捆了两担，八戒与沙僧挑着，却来宝座前叩头，谢了如来，一直出门。逢一位佛祖，拜两拜；见一尊菩萨，拜两拜。又到大门，拜了比丘僧、尼，优婆夷、塞，一一相辞，下山奔路不题。

……

那唐长老正行间，忽闻香风滚滚，只道是佛祖之祯祥，未曾提防。又闻得响一声，半空中伸下一只手来，将马驮的经，轻轻抢去，唬得个三藏捶胸叫唤，八戒滚地来追，沙和尚护守着经担，孙行者急赶去如飞。那白雄尊者，见行者赶得将近，恐他棍头上没眼，一时间不分好歹，打伤身体，即将经包摔碎，抛落尘埃。行者见经包破落，又被香风吹得飘零，却就按下云头顾经，不去追赶。那白雄尊者收风敛雾，回报古佛不题。

八戒去追赶，见经本落下，遂与行者收拾背着，来见唐僧。唐僧满眼垂泪道："徒弟呀！这个极乐世界，也还有凶魔欺害哩！"沙僧接了抱着的散经，打开看时，原来雪白，并无半点字迹，慌忙递与三藏道："师父，这一卷没字。"行者又打开一卷看时，也无字。八戒打开一卷，也无字。三藏叫："通打开来看看。"卷卷俱是白纸。长老短叹长吁的道："我东土人果是没福！似这般无字的空本，取去何用？怎么敢见唐王！诳君之罪，诚不容诛也！"行者早已知之，对唐僧道："师父，不消说了，这就是阿傩、伽叶那厮，问我要人事没有，故将此白纸本子与我们来了。快回去告在如来之前，问他揾财作弊之罪。"八戒嚷道："正是，正是！告他去来！"四众急急回山无好步，忙忙又转上雷音。

不多时，到于山门之外，众皆拱手相迎，笑道："圣僧是换经来的？"三藏点头称谢。众金刚也不阻挡，让他进去，直至大雄殿前。行者嚷道："如来！我师徒们受了万蜇千魔，千辛万苦，自东土拜到此处，蒙如来吩咐传经，被阿傩、伽叶揾财不遂，通同作弊，故意将无字的白纸本儿教我们拿去，我们拿他去何用！望如来敕治！"佛祖笑道："你且休嚷，他两个问你要人事之情，我已知矣。但只是经不可轻传，亦不可以空取，向时众比丘圣僧下山，曾将此经在舍卫国赵长者家与他诵了一遍，保他家生者安全，亡者超脱，只讨得他三斗三升米粒黄金回来，我还说他们忒卖贱了，教后代儿孙没钱使用。你如今空手来取，是以传了白本。白本者，乃无字真经，倒也是好的。因你那东土众生，愚迷不悟，只可以此传之耳。"即叫："阿傩、伽叶，快将有字的真经，每部中各检几卷与他，来此报数。"

二尊者复领四众，到珍楼宝阁之下，仍问唐僧要些人事。三藏无物奉承，即命沙僧取出紫金钵盂，双手奉上道："弟子委是穷寒路遥，不曾备得人事。这钵盂乃唐王亲手所赐，教弟子持此，沿路化斋。今特奉上，聊表寸心，万望尊者不鄙轻亵，将此收下，待回朝奏上唐王，定有厚谢。只是以有字真经赐下，庶不孤钦差之意，远涉之劳也。"那阿傩接了，但微微而笑。被那些管珍楼的力士，管香积的庖丁，看阁的尊者，你抹他脸，我扑他背，弹指的，扭唇的，一个个笑道："不羞，不羞！

需索取经的人事!"须臾把脸皮都羞皱了,只是拿着钵盂不放。伽叶却才进阁检经,一一查与三藏。

——《西游记》第九十八回《猿熟马驯方脱壳　功成行满见真如》

到出榜那日,家里没有早饭米,母亲吩咐范进道:"我有一只生蛋的母鸡,你快拿集上去卖了,买几升米来煮餐粥吃。我已是饿的两眼都看不见了!"范进慌忙抱了鸡,走出门去。才去不到两个时辰,只听得一片声的锣响,三匹马闯将来;那三个人下了马,把马栓在茅草棚上,一片声叫道:"快请范老爷出来,恭喜高中了!"母亲不知是甚事,吓得躲在屋里;听见中了,方敢伸出头来说道:"诸位请坐,小儿方才出去了。"那些报录人道:"原来是老太太。"大家簇拥着要喜钱。正在吵闹,又是几匹马,二报、三报到了,挤了一屋的人,茅草棚地下都坐满了。邻居都来了,挤着看。老太太没奈何,只得央及一个邻居去寻他儿子。

那邻居飞奔到集上,一地里寻不见;直寻到集东头,见范进抱着鸡,手里插个草标,一步一踱的,东张西望,在那里寻人买。邻居道:"范相公快些回去!恭喜你中了举人,报喜人挤了一屋哩。"范进道是哄他,只装不听见,低着头往前走。邻居见他不理,走上来就要夺他手里的鸡。范进道:"你夺我的鸡怎的?你又不买。"邻居道:"你中了举人,叫你回家去打发报子哩。"范进道:"高邻,你晓得我今日没有米,要卖这只鸡去救命,为甚么拿这话来混我?我又不同你玩,你自回去罢,莫误了我卖鸡。"邻居见他不信,劈手把鸡夺了,掼在地下,一把拉了回来。报录人见了道:"好了,新贵人回来了!"正要拥着他说话,范进三两步进屋里来,见中间报帖已经升挂起来,上写道:"捷报贵府老爷范讳进,高中广东乡试第七名亚元,京报连登黄甲。"范进不看便罢,看过一遍,又念一遍,自己把两手拍了一下,笑了一声道:"噫!好了!我中了!"说着,往后一跤跌倒,牙关咬紧,不省人事。

老太太慌了,忙将几口开水灌了过来。他爬将起来,又拍着手大笑道:"噫!好!我中了!"笑着,不由分说,就往门外飞跑,把报录人和邻居都吓了一跳。走出大门不多路,一脚踹在池塘里,挣起来,头发都跌散了,两手黄泥,淋淋漓漓一身的水,众人拉他不住。拍着笑着,一直走到集上去了。

众人大眼望小眼,一齐道:"原来新贵人欢喜得疯了。"老太太哭道:"怎生这样苦命的事!中了一个甚么举人就得了这个拙病!这一疯了,几时才得好!"娘子胡氏道:"早上好好出去,怎的就得了这样的病,却是如何是好?"众邻居劝道:"老太太不要心慌,我们而今且派两个人跟定了范老爷。这里众人家里拿些鸡蛋、酒、米,且管待了报子上的老爹们,再为商酌。"当下,众邻居有拿鸡蛋来的,有拿白酒来的,也有背了斗米来的,也有捉两只鸡来的。娘子哭哭啼啼,在厨下收拾齐了,拿在草棚下。

——《儒林外史》第三回《周学道校士拔真才　胡屠户行凶闹捷报》

却说三荷包回到衙内,见了他哥,问起:"那事怎么样了?"三荷包道:"不要说起,这事闹坏了!大哥,你另外委别人罢,这件事看上去不会成功。"藩台一听这话,一盆冷水从头顶心浇了下来,呆了半晌,问:"到底是谁闹坏的?由我讨价,就由他还价;他还过价,我不依他,他再走也还像句话。那里能够他说二千就是二千,全盘都依了他?不如这个藩台让给他做,也不必来找我了。你们兄弟好几房人,都靠着我老大哥一个替你们一房房的成亲,还要一个个的捐官。老三,不是我做大哥的说句不中听的话,这点事情也是为的大家,你做兄弟的就是替我出点力也不为过,怎么叫你去说说就不成功呢？况且姓倪的那里，我们司里多少银子在他那里出出进进，不要他大利钱，他也有得赚了。为着这一点点他就拿把，我看来也不是甚么有良心的东西！"

原来三荷包进来的时候，本想做个反跌文章，先说个不成功，好等他哥来还价，他用的是"引船就岸"的计策。先看了他哥的样子，后来又说甚么由他还价，三荷包听了满心欢喜，心想这可由我杀价，这叫做"里外两赚"。及至听到后一半，被他哥埋怨了这一大篇，不觉恼羞成怒。

本来三荷包在他哥面前一向是极循谨的，如今受他这一番排揎，以为被他看出隐情，叫他容身无地，不禁一时火起，就对着他哥发话道："大哥，你别这们说。你要这们一说，我们兄弟的帐，索性大家算一算。"何藩台道："你说甚么？"三荷包道："算帐！"何藩台道："算甚么帐？"三荷包道："算分家帐！"何藩台听了，哼哼冷笑两声道："老三，还有你二哥、四弟，连你弟兄三个，那一个不是在我手里长大的？还要同我算帐？"三荷包道："我知道的。爸爸不在的时候，共总剩下也有十多万银子。先是你捐知县，捐了一万多，弄到一个实缺；不上三年，老太太去世，丁艰下来，又从家里搬出二万多，弥补亏空：你自己名下的，早已用过头了。从此以后，坐吃山空，你的人口又多，等到服满，又该人家一万多两。凭空里知县不做了，忽然想要高升，捐甚么知府，连引见走门子，又是二万多。到省之后，当了三年的厘局总办，在人家总可以剩两个，谁知你还是叫苦连天，论不定是真穷还是装穷。候补知府做了一阵子，又厌烦了，又要过甚么班。八千两银子买一个密保，送部引见。又是三万两，买到这个盐道。那一注不是我们兄弟的钱。就是替我们成亲，替我们捐官，我们用的只好算是用的利钱，何曾动到正本钱。现在我们用的是自家的钱，用不着你来卖好！甚么娶亲，甚么捐官，你要不管尽管不管,只要还我们的钱!我们有钱,还怕娶不得亲,捐不得官!"何藩台听了这话,气得脸似冬瓜一般的青了,一只手绺着胡子,坐在那里发愣,一声也不言语。

　　——《官场现形记》第五回《藩司卖缺兄弟失和　县令贪赃主仆同恶》